刘心武作品

人生有信

刘心武 著

东方出版中心

图书在版编目(CIP)数据

人生有信/刘心武著. —上海:东方出版中心,
2016. 6
ISBN 978 - 7 - 5473 - 0967 - 4

Ⅰ.①人… Ⅱ.①刘… Ⅲ.①书信集-中国-当代②
散文集-中国-当代 Ⅳ.①I267

中国版本图书馆 CIP 数据核字(2016)第 101150 号

人生有信

刘心武 著

策 划 人　郑纳新
责任编辑　胡曦露
书籍设计　一步设计
责任印制　周　勇

出版发行:东方出版中心
地　　址:上海市仙霞路 345 号
电　　话:021 - 62417400
邮政编码:200336
经　　销:全国新华书店
印　　刷:上海文艺大一印刷有限公司
开　　本:890×1240 毫米　1/32
字　　数:132 千
印　　张:6.375
插　　页:4
版　　次:2016 年 6 月第 1 版第 1 次印刷
ISBN 978 - 7 - 5473 - 0967 - 4
定　　价:35.00 元

东方出版中心邮购部　电话:021 - 52069798

目录

冰心·母亲·红豆

前些日住在远郊的朋友 R 君来电话，笑言他"发了笔财"，我以为他是买彩票中奖了，只听他笑嘻嘻地卖关子："我找到一大箱东西，要拿到潘家园去换现！"潘家园是北京东南一处著名的旧货市场，那么想必他是找到了家传的一箱古玩。但他又怪腔怪调地跟我说："跟你有关系呢！咱们三一三十一，如何？"这真让我丈二和尚摸不着头脑。

说笑完了，R 君又叠声向我道歉。越发地扑朔迷离了！

R 君终于抖出了"包袱"，原来，是这么回事：五年前，我安定门寓所二次装修，为腾挪开屋子，把藏书杂物等装了几十个纸箱，运到 R 君的农家小院暂存，装修完工后，又雇车去把暂存的纸箱运回来，重新开箱放置。因是老友，绝对可靠，运去时也没有清点数量，运回来取物重置也没觉得有什么短少，双方都很坦然。没曾想，前些时 R 君也重新装修他那农家小院，意外地在他平时并不使用的一间客房床下，发现了我寄存在他那里的一个纸箱，当时那间小屋堆满了我运去的东西，往回搬时以为全拿出来了，谁都没有跪到地上朝床下深处探望，就一直遗留在那里。R 君发现那个纸箱时，箱体已被老鼠啃过，所以他赶忙找了个新纸箱来腾挪里面的东西，结果他就发现，纸箱里有我二三十年前的一些日记本，还有一些别人寄给我的信函，其中有若干封信皮上注明"西郊谢缄"的，起初他没有在意，因为他懂得别人的日记和私信不能翻阅，他的任务只是把本册信函等物品垛齐装妥，但装箱过程里有张纸片落在了地上，捡起来一看，一面是个古瓶图画，另一面写的是：

心武：

好久不见了，只看见你的小说。得自制贺卡十分高兴。

我只能给你一只古瓶。祝你新年平安如意。

冰心　十二，廿二，一九九一

他才恍悟，信皮上有"西郊谢缄"字样的都是冰心历年寄给我的信函。

R君绝非财迷，但他知道现在名人墨迹全都商品化了。就连我的信函，他也在一家网站上，发现有封我二十六年前从南京写给成都兄嫂的信在拍卖，我照他指示去点击过，那封一页纸的信起拍价一千零八十，附信封（但剪去了邮票），信纸用的是南京双门楼宾馆的，我放大检视，确是我写的信，虽说信的内容是些太平话语，毕竟也有隐私成分，令我很不愉快。估计是二哥二嫂再次装修住房时，处理旧物卖废品，把我写给他们的信都弃置在内了，人生到了老年，就该不断地做减法，兄嫂本无错，奇怪的是到处有"潘家园"，有"淘宝控"，善于化废为宝，变弃物为金钱。R君打趣我说:"还写什么新文章?每天写一页纸就净挣千元!"我听了哭笑不得。但就有真正的"淘宝控"正告我:这种东西的价值,一看品相,二看时间久远,离现在越远价越高,三看存世量,就是你搞得太多了,价就跌下来了,最好其人作古,那么,收藏者手中的"货"就自动升值……听得我毛骨悚然。

R君"完璧归赵"。我腾出工夫把那箱物品加以清理。不仅有往昔的日记,还有往昔的照片,信函也很丰富,不仅有冰心写来的,还有另外的文艺大家写来的,也有无社会名声但于我更需珍惜的至爱亲朋的若干来信。我面对的是我三十多岁至五十多岁的那段人生。日记信函牵动出我丝丝缕缕五味杂陈的心绪。

这个纸箱里保存的冰心来信,有十二封,其中一封是明信片,三封信写在贺卡上,其余的都是写在信纸上的。最早的一封,是1978年,写在那时候于我而言非常眼生的圣诞卡上的——那样的以蜡烛、玫瑰、文竹叶为图案的圣诞卡,那时候我们国家还没有印制,估计要么是从国外得到的,要么是从友谊商店那种一般人进不去的地方买到的——

心武同志:

    感谢你的贺年片。你为什么还不来?什么时候搬家?

冰心拜年

十二、廿六、一九七八

我寄给她的贺年片上什么图案呢？已无法想象。我自绘贺卡寄给她，是上世纪 90 年代后的事了。

检视这些几乎被老鼠啃掉的信件，我确信，冰心是喜欢我，看重我的。她几乎把我那时候发表的作品全读了。

感谢您送我的《大眼猫》，我一天就把它看完了。有几篇很不错，如《大眼猫》和《月亮对着月亮》等。我觉得您现在写作的题材更宽了，是个很好的尝试。

（1981 年 11 月 12 日信）

《如意》收到，感谢之至！那三篇小说我都在刊物上看过，最好的是《立体交叉桥》，既深刻又细腻。

（1983 年 1 月 4 日信）

看见报上有介绍你的新作《钟鼓楼》的文章，正想向你要书，你的短篇小说集就来了，我用一天工夫把它从头又看了一遍，不错！

（1984 年 11 月 18 日信）

1982 年我把一摞拟编散文集的剪报拿给她，求她写序，她读完果然为我的第一本散文集《垂柳集》写了序，提出散文应该"天然去雕饰"，切忌弄成"镀了金的莲花"，是其自身的经验之谈，也是对我那以后写作的谆谆告诫。上世纪 90 年代后我继续送书、寄书给她，她都看，都有回应。

大概是 1984 年左右，有天我去看望她，之前刚好有位外国记者采访了她，她告诉我，那位外国记者问她：中国年轻作家里，谁

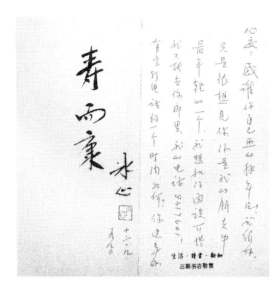

冰心 1991 年元旦前，用三联书店的贺年卡写给我的信。她最早的一封来信是 1978 年写的，写在那时候于我而言非常眼生的圣诞卡上。

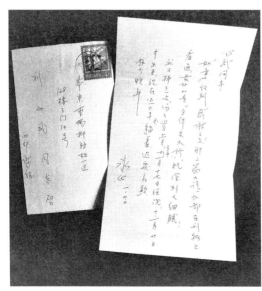

重读这封冰心的来信，我心潮起伏而无法形容那恒久的感动。

最有发展前途？她的回答是：刘心武吧。我当时听了，心内感激，口中无语，且跟老人家聊些别的。此事我多年来除了跟家人没跟外界道出过，写文章现在才是第一次提及。当年为什么不提？因为这种事有一定的敏感性。那时候尽管"50后"作家已开始露出锋芒，毕竟还气势有限，但"30后"、"40后"的作家（那时社会上认为还属"青年作家"）势头正猛、海内外影响大者为数不少，我虽忝列其中，哪里能说是"最有发展前途"呢？我心想，也许是因为，上世纪初的冰心，是以写"问题小说"走上文坛的，因此她对我这样的也是以"问题小说"走上文坛的晚辈，有一种特殊的关照吧。其实，那时候的冰心已经过八望九，人们对她，就人而言是尊敬有余，就言而论是未必看重。采访她的那位外国记者，好像事后也没有公布她对我的厚爱。那时候国外的汉学家、记者，已经对"伤痕文学"及其他现实主义的作品失却热情，多半看重能跟西方现代主义、后现代主义接轨的新锐作家和作品。而在引导文坛创作方向方面，冰心的话语权极其有限，中国作家协会领导层的几位著名评论家那时具有一言九鼎的威望。比如冯牧。他在我发表《班主任》《我爱每一片绿叶》后对我热情支持寄予厚望，但是在我发表出《立体交叉桥》后就开始对我摇头了。正是那时候，林斤澜大哥告诉我，从《立体交叉桥》开始，我才算写出了像样的小说，冰心则赞扬曰"既深刻又细腻"，但是他们的肯定都属于边缘话语。在那种情况下，我如果公开冰心对我的看好，会惹出"拉大旗做虎皮"的鄙夷。只把她的话当作一种私享的勉励吧。

　　现在时过境迁。冰心已经进入上世纪的历史。虽然如今的"80后"、"90后"也还知道她，她的若干篇什还保留在中小学教材里嘛，但她已经绝非"大旗"更非"虎皮"，一个"90后"这样问过我："冰心不就是《小橘灯》吗？"句子不通，但可以意会。有"80后"新锐作家更直截了当地评议说，冰心"文笔差"，那么，现在我可以安安心心地公布出，一位八十多岁的"文笔差"的老作家，认为一位那时已经四十出头的中年作家会有发展，确有其事。

冰心给我的来信里偶尔会有抒情议论。如：

　　……这封信本想早写，因为那两天阴天，我什么不想做。我最恨连阴天！但今天下了雪，才知道天公是在酿雪，也就原谅他了。我这里太偏僻，阻止了杂客，但是我要见的人也不容易来了，天下事往往如此。（1984年11月18日信）

显然，我是她想见的客人。1990年12月9日她来信：

　　心武：感谢你自己画的拜年片！我很好。只是很想见你。你是我的朋友中最年轻的一个，我想和你面谈。可惜我不能去你那里，我的电话……有空打电话约一个时间如何？你过年好！

如今我捧读这封信，手不禁微微发抖，心不禁丝丝苦涩。事实是，我上世纪90年代后去看望她的次数大大减少，特别是她住进北京医院的最后几年，我只去看望过她一次，那时坐在轮椅上的她能认出人却说不出话。那期间有一次偶然遇上吴青，她嗔怪我:"你为什么不去看望我娘呢?"当时我含糊其词。在这篇文章后面,我会作出交代。

我去看望冰心,总愿自己一个人去,有人约我同往,我就找藉口推脱。有时去了,开始只有我一位客,没多久络绎有客来,我与其他客人略坐片刻,就告辞而退。我愿意跟冰心老人单独对谈。她似乎也很喜欢我这个比她小四十二岁的谈伴。真怀念那些美好的时光,我去了,到离开,始终只有我一个客,吴青和陈恕(冰心的女儿女婿)稍微跟我聊几句后,就管自去忙自己的,于是,阳光斜照进来,只冰心老人,我,还有她的爱猫,沐浴在一派温馨中。

常常跟冰心,谈到我母亲。母亲王永桃出生于 1904 年,比冰心小四岁。一个作家的"粉丝"(这当然是现在才流行的语汇),或者说固定的读者群,追踪阅读者,大体而言,都是其同代人,年龄在比作家小五岁或大五岁之间。1919 年 5 月 4 日那天,冰心(那时学名谢婉莹)所就读的贝满女子中学,母亲所就读的女子师范大学附属中学,有许多学生涌上街头,投入时代的洪流。母亲说,那天很累,很兴奋,但人在事件中,却并未预见到,后来成为中国近代史上的"五四运动"。那时母亲由我爷爷抚养,爷爷是新派人物,当然放任子女参与社会活动。但是母亲的同学里,就有因家庭羁绊不得投入社会而苦闷的。冰心那以后接连发表出"问题小说",其中一篇《斯人独憔悴》把因家庭羁绊而不得抒发个性投入新潮的青年人的苦闷,鲜明生动地表述出来,一大批同代人读者深受感动。那时候母亲随我爷爷居住在安定门内净土寺胡同,母亲和同窗好友在我爷爷居所花园里讨论完《斯人独憔悴》,心旌摇曳，当时有同窗探听到冰心家在中剪子巷，离净土寺不远，提议前往拜访。后来终于没有去成。母亲1981年至1984年跟我住在北京劲松小区，听说我去海淀拜访冰心，笑道："倘若我们那时候结伙找到剪子巷，那我就比你见到冰心要早六十几年哩！"我后来读了《斯人独憔悴》，没有一点共鸣，很惊异那样的文笔当时怎么会引出那样的阅读效果。母亲还跟我谈到那段岁月里读过的其他作家作品，她不止一次说到叶圣陶有篇《低能儿》，显然那是她青春阅读中最深刻的记忆之一。我直到现在也还没有读过叶圣陶的这个短篇小说。一位"80后"算得"文艺青年"，他当然知道叶圣陶，也是因为曾在语文课本里接触过，但离开了课文，他就只知道"叶圣陶那不是叶兆言他爷爷吗"。在时光流逝中，许多作家作品就这样逐渐被淡忘。

自从冰心知道母亲是她的热心读者以后，每次我去了，都会问起我母亲，并且回忆起她们曾共同经历过的那些时代的一些大大小小的事情。我告别的时候，冰心首先让我给我母亲问好，其次才问我妻子和儿子好。回到家里，我会在饭后茶余，向母亲诉说跟冰心见面时聊到的种种。冰心赠予的签名书，母亲常常翻阅。记不得是在哪篇文章里，反正是冰心在美国写出的散文，里面抒发她的乡愁，有一句是怀念北京秋天的万丈沙尘。母亲说这才是至性至情之文。非经过人道不出的。现在人写文章，恐怕会先有个环境保护的大前提，这样的句子出不来的。冰心写这一句时应该是在美国威尔斯利女子大学，或附近的疗养院，那里从来都是湖水如镜绿树成荫。

1983年9月17日冰心的来信：

心武同志：

　　你那封信写的太长了。简直是红豆短篇。请告诉您母亲千万别总惦着那包红豆了，也不必再买来。你忙是我意中事。怎么能责怪你呢？你也太把我看小了。现在你们全家都好吧？孩子一定又上学了？你母亲身体也可以吧？月前给你从邮局（未挂号）寄上散文集一本，不知收到否？吴青现在在英国参观，十月下旬可以回来。问候你母亲！

　　事情过去二十七年了，我现在读着这封信只是发愣。红豆是怎么回事？从这信来看，应该是母亲让我把一包红豆给冰心送去，而我忙来忙去（那时候我写作欲望正浓酽，大量时间在稿纸上爬格子码字，要么到外地参加"笔会"，那一年还去了趟法国），竟未送去，于是只好写信给冰心解释，结果写得很长，害得她看着很累，她说成短篇小说了，恐怕是很差的那种短篇小说。红豆，一种就是可以煮粥、做豆沙馅的杂粮，另一种呢，则是不能吃而寄托思念的乔木上结出的艳红的豆子，多用来表达恋人间的爱情，也可以推而广之用来表达友人间的情谊。母亲嘱我给冰心送去的，究竟是用来食补的一大包红小豆，还是用来表达一个读者对作者敬意的生于南国的一小包纪念豆（我那一年去过海南岛似乎带回过装在小口袋里的红豆）？除非吴青那里还存有历年人们写给冰心的信函，从中搜检出我那"红豆短篇"，才能真相大白，我自己是完全失忆了。但无论如何，冰心这封回信是一位作家和她同代读者之间牢不可破的文字缘的见证。

　　母亲最后的岁月是在祖籍四川度过的。1988年冬她仙逝于成都。1989 年 2 月 17 日冰心来信：

> 心武同志：得信痛悉令慈逝世！你的心情我十分理解！尽力工作，是节哀最好的方法。《人民文学》散文专号我准备写关于散文的文字，自荐我最有感情的有篇长散文《南归》，不知你那里有没有我的《冰心文集》三卷？那是三卷 305—322 页上的，正是我丧母时之作。不知你看过没有？请节哀并请把你家的住址和电话告诉我。

1987 年年初我遭遇到"舌苔事件"。1990 年我被正式免去《人民文学》杂志主编职务。我被"挂起来"，直到 1996 年才通知我"免挂"。冰心当然知道我陷窘境。上引 1990 年年底那封信，所体现出的不止是所谓老作家对晚辈作家的关怀，实际上她是怕我出事情。我那时被机构里一些有权有势的人视为异类，在发表作品、应邀出国访问等事项上屡屡受阻。他们排斥我，我也排斥他们。我再不出席任何他们把持的会议和活动。即使后来机构改换了班子，对我不再打压，我也出于惯性，不再参与任何与机构相关的事宜。我在民间开拓出一片天地。我为自己创造了一种边缘生存、边缘写作、边缘观察的存在方式。上世纪 90 年代初，我只能尽量避开那些把我视作异类甚至往死里整的得意人物，事先打好电话，确定冰心那边没有别人去拜望，才插空去看望她一下。冰心也很珍惜那些我们独处的时间。记得有一回她非常详尽地问到我妻子和儿子的状态，我告诉她以后，她甚表欣慰，她告诉我，只要家庭这个小空间没有乱方寸，家人间的相濡以沫，是让人得以渡过难关的最强有力的支撑，有的人到头来捱不过，就是因为连这个空间也崩溃了。但是，到后来，我很难找到避开他人单独与冰心面晤的机会。我只是给她寄自绘贺卡、发表在境外的文章剪报。我把发表在台湾《中时晚报》上的《兔儿灯》剪报寄给她，那篇文章里写到她童年时拖着兔儿灯过年的情景，她收到马上来信：

> 心武：
>
> 　　你寄来的剪报收到了，里面倒没有唐突我的地方，倒是你对于自己，太颓唐了！说什么"年过半百，风过叶落"，"青春期已翩然远去"，又自命为"落翎鸟"，这不像我的小朋友刘心武的话，你这些话说我这九十一岁的人感到早该盖棺了！我这一辈子比你经受的忧患也不知多多少！一定要挺起身来，谁都不能压倒你！你像关汉卿那样做一颗响当当的铁豆……（1991 年 4 月 6 日信）

　　重读这封来信，我心潮起伏而无法形容那恒久的感动。敢问什么叫做好的文笔？在我捱整时，多少人吝于最简单的慰词，而冰心却给我写来这样的文字！

　　吴青不清楚我的情况。我跟她妈妈说的一些感到窒息的事一些大苦闷的话她没听到。整我的人却把冰心奉为招牌，他们频繁看望，既满足他们的虚荣心，也显示他们的地位。冰心住进北京医院后，1995 年，为表彰她在中国译介纪伯伦诗文的功绩，黎巴嫩共和国总统签署了授予她黎巴嫩国家级雪杉勋章令，黎巴嫩驻中国使馆决定在北京医院病房为冰心授勋。吴青代她母亲开列

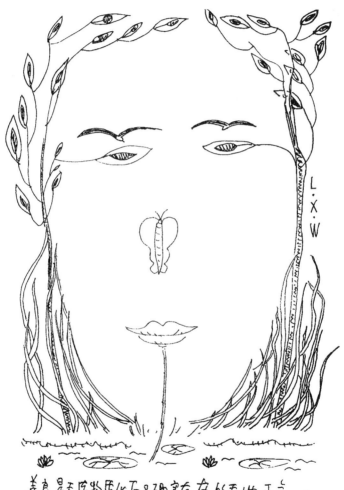

善良是无法物质化而又确实存在的天地正气

了希望能出席这一隆重仪式的人员名单,把我列了进去。有关机构给我寄来通知,上面有那天出席该项活动的人员的完整名单,还特别注明有的是冰心本人指定的。我一看,那些整我的人,几乎全开列在名单前面,他们是相关部门头头,是负责外事活动的,出席那个活动顺理成章,当然名单里也有一些翻译界名流和知名作家,有的对我一直友善。我的名字列在后面显得非常突兀。我实在不愿意到那个场合跟那些整我(他们也整了另外一些人)的家伙站到一起。在维护自尊心及行为的纯洁性,和满足冰心老人对我的邀请这二者之间,我毅然选择了前者。我没有去。吴青后来见到我有所嗔怪,非常自然。到现在我也并不后悔自己的抉择。其实正是冰心教会了我,在这个世道里,坚决捍卫自我尊严该是多么重要!

2010 年 9 月 25 日　温榆斋

神会立交桥

1

记得是在北京天安门对面马路西南角松树下,刚从人民大会堂参加完一个活动,我和一位当时举足轻重的文学评论家站在一起。那是 1981 年,我们在那里等候公共汽车。我问他看没看过我的中篇小说《立体交叉桥》,他说看过。我问他有什么意见? 他说调子太灰暗了。这已经是我第 N 次听到"调子灰暗"的批评。评论家见我神情沮丧,就安慰我说:"创作中偶尔走点弯路是难免的,迷途知返就好。"又说:"作家要站在生活之上,而不能自然主义地去表现生活。作家可以刻画小人物,但作品里不能全是小人物,更不能一味地同情小人物,作家应当塑造出先进人物把读者往光明的方向引导。"他确实语重心长,但我听了却冥顽不化。

2

后来是悟透了,作家凭良知良能和兴趣情绪管自去写就是了,何必那么看重文学理论家和文学批评家的宏论。但那时的我，对文坛上的主流批评家的意见，却非常地看重。我在1977年发表出短篇小说《班主任》以后，当时文坛的主流批评家几乎是一致予以肯定和鼓励。但是，自从我1980年发表出第一个中篇小说《如意》以后，文坛的主流批评家的态度和意见就开始分化了。冯牧，他当时是中国作家协会的领导人之一，兼《文艺报》主编（当时《文艺报》是双主编，另一主编是孔罗荪），又负责那时一年一度的短篇小说和中篇小说评奖，他的话语权是非常强大的，他支持《如意》所弘扬的人道主义，但是在第一届中篇小说评奖活动中，《如意》虽然被提名，也有冯牧等评论大腕的支持，却遭到了强有力的反对，持反对意见的人士也属于那时的批评大家，他们在评奖讨论中对《如意》的尖锐批评传到我耳中以后不久，批评文章也就正式出现在报刊上。他们的批评应该说是善意的，文章也是以语重心长的调式写出，大体的意思是，人道主义是资产阶级的意识形态，尽管在资产阶级反对封建主义的阶段有一定的进步意义，但是马克思主义出现以后，人道主义就成为一种落后的东西了。《如意》里面刻画的石大爷是个憨厚的劳动人民，他的人道主义情怀可以表现，但是作者不应该和石大爷站在一个水平线上，正确的写法应该是对他的人道主义情怀既包容又批判，引导读者认识到人道主义的局限性。那届评奖，《如意》名落孙山。

3

那时候我没把名利看透，得奖的欲望很强烈。那时候有的作家年年得奖，不同品种的作品全都得奖，有的笑称自己是"得奖专业户"。我虽然在 1978 年度的短篇小说评奖中拔得头筹,1979 年度也还得了短篇小说奖,但是中篇小说始终没有得奖。想得奖,却又没有往得奖的方向努力。按说再写中篇小说,就不要像《如意》那么写了,不要跟小说里的小人物平起平坐,把平视的角度换成俯视的角度,那么,再参选,就可能不仅冯牧会赞赏,那些批判人道主义的批评大家也能容纳。

1981 年,我开始了又一个中篇小说的写作,写成一算有七万五千字,小说题目是《立体交叉桥》。

名缰利索羁绊着我,但我毕竟还不是名利熏心的状态。影响我创作的固然有文坛的主流人物,也还有边缘的人物。

文坛的边缘人物之一,林斤澜大哥,是我永远要忆念的。1978 年我在《十月》丛刊当编辑时,开始跟他接触。究竟何谓文学? 何谓小说? 何谓文笔? 何谓韵味? 林大哥对我是心授言传。心授,是他给我拿去编辑的文稿和所刊发出的作品;言传,是他在跟我两个人独处时,那些直截了当不拐弯的批评指点。《如意》刊发以后我很得意,问他读后感想。他摇头。我信服他的摇头。林大哥的意见一定要洗耳恭听。他跟那种批判人道主义的人士的出发点完全不同。他指出《如意》仍未彻底摆脱主题先行的窠臼。林大哥是个睿智而通达的人。他说,主题先行,也不失为一种写法,比如茅盾写《子夜》,开篇就是农村老太爷进城后一命呜呼,体现出"封建势力日暮途穷"的主题,然后展开民族资产阶级和买办资产阶级的矛盾冲突,以体现"中国正处于社会发展中的子夜阶段"的中心思想。后来我看到茅盾为其《霜叶红于二月花》所拟出的详尽的写作提纲,那确实堪称主题先行的典范。林大哥说,他对茅盾还是佩服的，而且非常感念，他在 1956 年左右，把两个短篇小说投给《人民文学》杂志，编辑说看不懂，也不便随意退稿，那时茅盾是主编，编辑把稿子上交请茅盾定夺，茅盾看完后表态：两篇都发。于是在那时的某期《人民文学》上就出现了林斤澜两篇小说，真叫别开生面。茅盾自己按主题先行的路数写作，却大度容纳林斤澜那种主题模糊的作品，这样的编辑作风应该世代相传。虽然茅盾对林大哥有恩，但林大哥始终不入茅盾的那种写作路数，寂寞地沿着自己的"怪味"一直写到生命终了，这种创作骨气也应该世代提倡。

冯牧对我有公开的影响。林大哥对我有私下的影响。最后林大哥的影响超过了冯牧。写《立体交叉桥》，我就完全摆脱了主题先行。《立体交叉桥》当然有主题，作品前面的题记就可视为主题，但作品本身却是原生态的，一片生活，一群活人。

写《立体交叉桥》的时候我已经离开了《十月》，和林大哥一样，是北京市文联的专业作家。写完这部稿子，碍于文坛主流理论家批评家的强大气场，我有好一阵把它放在抽屉里，无将其刊发的勇气。是《十月》的老同事章仲锷跑到我家，在我不在家的情况下，获取了我母亲的信任，将我抽屉中的稿子拿去到《十月》发表了，详情在别的文章里讲过，此处不赘。

《立体交叉桥》的刊出使得冯牧对我失望。"调子灰暗"成了若干评论家在公开文章和私下议论里的常用考语。如果说《如意》的"错误"是作者没有比小说主人公站得高，那么《立体交叉桥》的"错误"则更加严重——作者简直就把自己跟作品里的那些小人物打成一片了！有批评家写出了很长的文章，出发点当然还

让我们架设起心灵的立体交叉桥   L·X·W

是为我好，希望我不要在不健康的路子上走得太远。现在想起来确实有点好笑，那样的批评有什么不得了呢？但是当时的我却心烦意乱起来。

林大哥很快通读了《立体交叉桥》，他对我说："这回，你写的是小说了。"

4

那天从人民大会堂出来，是刚参加完纪念鲁迅百年诞辰的大会。大会非常隆重，有中央领导人出席，周扬发表了讲话。那次纪念活动定了个主席团名单，据说是报请中央批准的，名单里的人都能坐到主席台上。我的名字被列在了名单里，因此得以坐上主席台。这是一种政治文化，或者说是文化政治。那时北京市文联的专业作家里有若干资深作家当年是接触过鲁迅或至少是跟鲁迅共过时空的，却并没有列入主席团名单没上主席台。事后，又是林大哥，对我入名单上台盘嗤之以鼻，说："好笑！"令我有醍醐灌顶之感，生遍体清凉之效。林大哥 2008 年仙去，我痛失一个以真率待我、以诤言警我的兄辈！

作为一个这样时空中的写作者，嵌入政治文化福祸相倚，即使久享政治文化的甜头，终究无大意趣，不如把作品写好，使其多少具有长久些的阅读价值，才是人生大义。

因此，那天虽然上了趟主席台，我还是兴奋不起来。《立体交叉桥》是我非常用功的一个作品。这个作品究竟站不站得住脚？我应该如何持续我的写作？批评我的那边，鼓励我的林大哥这边，两边的影响力拔河，我一时难以定位，非常焦虑。

5

事后有人说，正当刘心武的《立体交叉桥》被定性为"调子灰暗"的时刻，忽然"半路里杀出一个程咬金"。

1982 年《上海文学》第 5 期，刊发出了蒋孔阳的长篇评论《立体的和交叉的——读刘心武〈立体交叉桥〉有感》，对《立体交叉桥》予以充分肯定。

蒋孔阳！这名字于我如雷贯耳。

我在上世纪 50 年代，十几岁的时候，就是一个文学青年。大约在 1958 年，我买到一册由中国青年出版社出版的《文学的基本知识》，就是蒋孔阳写的。那已是在许多知识分子"落马"的大运动之后，"落马"的那些人的著作，不敢公然捧读了，但蒋孔阳的这本书是大运动之后还在发行的，我觉得当然可以带到学校堂而皇之地当作入文学之门的开蒙书，自己读不算，还推荐给同样爱好文学尝试写作的同窗。没想到大运动过后，还时不时有小运动，后来酿成更大的运动。1960 年，我那时是《读书》杂志的热心读者，而且 1958 年还曾给它投稿蒙其刊发，忽然发现上面刊出了一篇文章，题目赫然是《蒋孔阳的修正主义文艺思想批判》。后来更发现，那以后一年多里面，《解放日报》《文汇报》《上海文学》《学术月刊》《复旦》等报刊接二连三地批判蒋孔阳，差不多同时期，还集中火力批判钱谷融，钱的"修正主义"观点是"文学是人学"，蒋的"修正主义"观点被引用得最多的是："在阶级社会里文学除了作为上层建筑从思想和感情上来为不同的阶级服务外，还有只是反映生活不为任何阶级服务的。"

改革开放以后，蒋孔阳致力于美学研究，特别是德国古典美学。他从来都只是一个文艺理论家，没有就当代文学的作家作品写过单篇评论，但是，却忽然写出了这样一篇大文，刊发在具有影响力的《上海文学》上。

那时候我和冯牧之间在文学思维上出现了裂痕，但个人关系还是好的。我去拜访他，他留我吃晚饭，一起喝葡萄酒。提及蒋孔阳的"斜次里杀出"，他呵呵地笑，感叹："他以前从不涉足当代作品评论的啊，你这《立体交叉桥》踩了他哪根筋？"我想再进一步深谈，冯牧就回避了。后来我意识到，似乎北京方面的文学理论家、批评家，既然占了上风，对上海那边的也就以礼相待，尽量避免龃龉。

我看到蒋孔阳的文章后，非常激动，立即给他写信、寄书，他在 1982 年 5 月 20 日给我回了信。

啊呀！二十几年过去，当时的文学青年已经到了不惑之年，却仍在惶惑中，而素昧平生的蒋孔阳先生，却写来了颇长的信！二十几年前他告诉我"文学的基本知识"，二十几年后他再次启发我如何进入文学真谛。

他的来信如下：

心武同志：

您好。大函和寄来的两本大著，均已收到，谢谢。

我谈尊作的文章，能够很快地得到您的反应，非常高兴。这两天，我重新翻读了您寄来的两个集子，加深了我这样一个印象，那就是《立体交叉桥》在您创作的道路上，的确是一个较大的突破。不知您自己认为然否？创作最富有个性，其

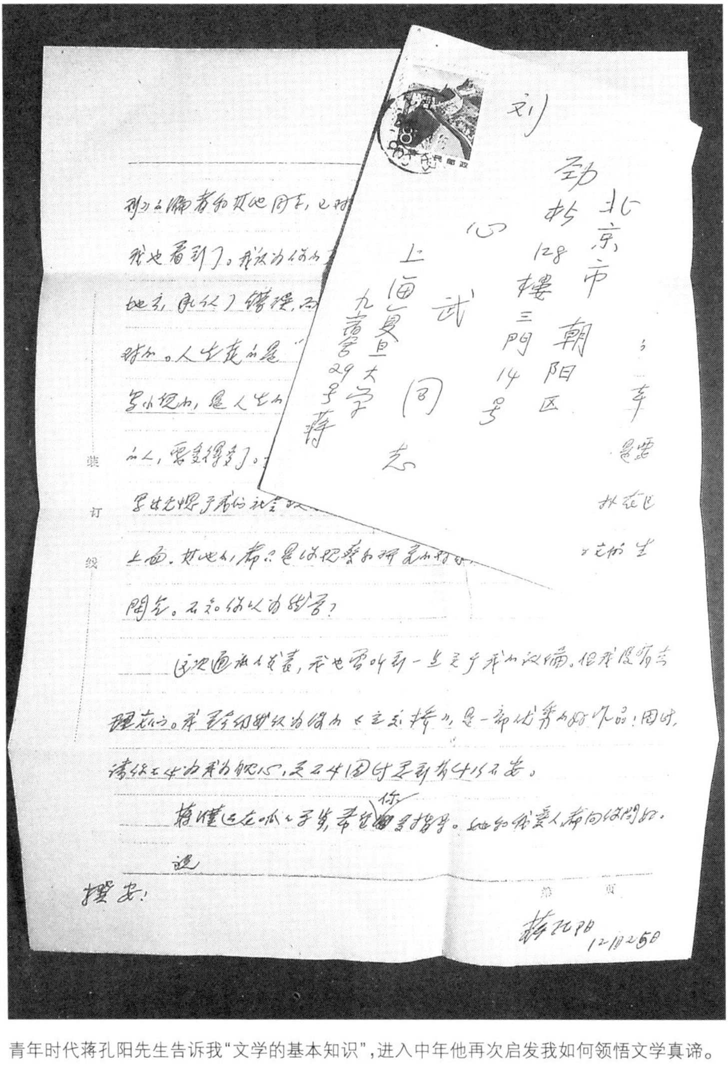
北京市朝阳区
劲松128楼三门14号
刘心武同志
上海复旦大学九舍29号蒋

蒋孔阳
12月25日

青年时代蒋孔阳先生告诉我“文学的基本知识”，进入中年他再次启发我如何领悟文学真谛。

中得失甘苦，往往只有作者自己最清楚，因此我希望能够知道您自己对《立体交叉桥》的看法。

我很少写文学作品的评论文章。大作是我去年在日本时，一个偶然的机会看到的。我和我爱人都认为写得好，觉得在我国当前小说创作上是一个突破。但是，回国后，却听不到对大作有任何的反应。我和一些同志谈起来，向他们推荐您的这篇作品，他们也同意写得好，但据说是被认为"调子低沉"的作品，所以未能得到评介。后来我和《上海文学》的编辑同志谈起来，他们鼓励我写一篇评论。我虽然不是搞这方面工作的，但觉得为了给在艺术上作出辛勤的探索并取得了一定成绩的作者，以一些鼓励和安慰，使他能继续向前探索，因此，我不揣冒昧，写了这么一篇东西。由于我对当前小说创作的不够熟悉，以及自己理论水平的限制，我怀疑我是否达到了我的这一目的。

希望今后能够读到您更多更好的作品。

3月底我到广州开会，摔了一跤，至今尚在休养中，因此不多写了，祝

撰安！

蒋孔阳
5月20日

6

都成如烟往事了。如今谁还会找出我那《立体交叉桥》来读？

因此我少不得对阅读到这篇文章的诸君将那小说略作说明。那个中篇小说是写北京普通市民因居住空间狭窄而生发出的人际冲突,特别是心理冲撞。三十年过去,不仅北京,到处还都在上演与居住空间紧密相连的人生戏剧,悲喜正闹依然风风火火,人性也依然是那么深奥诡谲。我自己觉得这个作品到如今依然有其生命力,因为三十年虽然由"河东"到了"河西",城市住房问题仍是最大的民生问题,形态不同了,而实质无异。

蒋孔阳先生在《立体的和交叉的》一文里这样评价我的这个中篇小说:"刘心武的《立体交叉桥》的特色,在于把生活写得细,写得深,写得具体和真实,尤其难能可贵的是,他没有停留在平面地描写生活,而是把生活立体地加以描写;他没有单线地描写生活,而是把生活交叉起来描写。""形成一个立体的交叉的生活的网。""加起来总共不过十几个人物左右,但一齐汇集到十六个平方米的房屋之中,于是兄弟姊妹的关系,婆媳的关系,叔嫂的关系,等等的关系,就像无数互相冲突的电子和原子构成了庞杂的物质世界一样,构成了一幅虽然小却十分丰富的生活画面。在这个生活画面中,既没有第一号人物,也没有第二号人物;既没有英雄,也没有坏蛋……作者所写的都是这样一些我们所熟悉的,在实际生活中经常可以碰到的人物……他们没有一个凌驾在另一个之上,因此,他们就平行地交叉地相互一道过生活。你的生活插入我的生活之中,我的生活又插入你的生活之中。你的生活刚刚这样开始,我的生活或他的生活又使你的生活变成了另一个样子……"他也指出小说所写出的"一张五味俱全的网","写出了对过去的失望和对将来的向往,但因为着重点是写对于过去的失落,因此,这篇作品的调子的确比较低沉",但随即就辩解道:"但是,前进的起点不是满足于已有的成就,更不是满足于用高音喇叭来自我吹嘘,而是踏踏实实地正视现实",他认为我在小说里对人物心理进行开掘时,几句点睛的"我们要努力冲破灰溜溜,我们要顽强地开辟通向幸福的道路",就足够是启发读者的光明基调了,不必再去额外地涂抹亮色。按我的理解,蒋孔阳先生是以我的这个中篇小说为例,说明尽管现代主义、后现代主义有某些超越性的魅力,但严格的现实主义作品仍具有鲜活的生命力。

7

得到蒋孔阳先生来信,我很快回信,半个多月后他又写来信,这封信写得长,足写满三页信纸,不全文引用实在可惜:

心武同志:

五月二十七日来信收到了,谢谢。你告诉了我很多情况,但一则因为病,二则因为你叫我谈的问题我感到很难谈,所以迟至今天才回信,请谅。

来信中谈的情况,我原来也有一些风闻。一些领导同志批评了你的《立体交叉桥》,认为"调子低沉";而一些普通青年、工人、干部,却赞扬你的作品,认为写得好。你认为这"都是百家争鸣中的一种好现象",我完全同意你的看法。我自己,也是在这"百家争鸣"中鸣了一下。我到现在还是坚持我原来的看法,也就是认为《立体交叉桥》是一篇难得的好作品。从来信中说的一些情况来看,可能有的同志看了我的评论，会很不以为然，但那也只好由他们去了。我只是作为一个读者，讲了一些应当讲的真心话。

你问我："所谓'调子'是一种什么美学标准？"老实说，就我这点水平，实在回答不出。美学书中，似乎也没有"调子"这样一种标准。如果拿音调的高低当成"调子"，那么五八年和"文化大革命"时期，调子最高，可是，那种高调能对国家有什么好处呢？六零年的调整和七八年的调整，都讲求实事求是，调子都不高，可是它们都给国家带来了巨大的利益。因此，调子的高低，并不等于社会效果的好坏。文学作品，也是如此。"大跃进"民歌和样板戏，可谓调子高矣，然而无非是一些大话和假话。

文学作品，应当讲求社会效果，但怎样才算有社会效果呢？是像过去的奸臣一样，专门讲些假话，粉饰太平，就有社会效果呢？还是像过去的忠臣一样，讲一点真话，使人们警觉起来，感奋起来，因而"帮着群众推动历史的前进"呢？我认为社会效果，应当是表现在后一点上面。正因为这样，我们提倡现实主义，我们要求文艺立足现实，真实地描写现实的关系，从而帮助人们认清现实，共同前进！你的《立体交叉桥》，做到了这一点，因此，我觉得好。

收到《读书》杂志，当中有一篇你的大作：《在"新、奇、怪"面前》，我拜读了，觉得很好。从这里，我认识到你对于你的创作，完全是自觉地有理论的认识的，正因为这样，所以你能开掘到旁人所开掘不到的程度。作为一个艺术家，热爱自己的艺术，忠实于自己的艺术，把自己的作品当作艺术一样来创造，这样，你不仅会攀登艺术的高峰，而且会找到真正为人民服务、为社会主义服务的光明道路！

　　另邮奉上拙作两本：《德国古典美学》和《美和美的创造》，请指教。尤其是《美和美的创造》一文，更希望能够听到你的意见。

　　如果你来上海，十分欢迎你到我家做客。如果我到北京去，也一定来看你。

　　祝

撰安！

蒋孔阳

6 月 16 日

　　不消说，接到这封信后，我就一直盼望能和蒋孔阳教授见面。

8

　　1982 年年底蒋孔阳先生来北京开会，他预告我会议结束后会按我提供的地址来我家聚谈，我就痴痴地等着他。我知道蒋先生是四川万县人（那时候重庆还没有脱离四川成为直辖市，现在万县划归重庆），我童年在重庆度过，说得一口重庆话，万县口音与重庆接近，我们用家乡话对谈，该是多么有趣啊！但是他的身影一直没有出现。跑去问邻居刘再复，他也不得要领。那时候不但绝无手机，就是私人座机也还很少，我家就没有安装上，打电话都是到楼下自行车存车棚设置的公用电话那里，而我又并不掌握蒋先生下榻的宾馆的电话，无法及时与他沟通。

1983 年元旦前我接到他从上海写来的信,他告诉我:

> 昨天从北京归来,捧读所惠大著及来函,真后悔前天晚上(12 月 21 日)没有坚持去看你。我这次是到京参加《大百科全书·哲学卷》的规划会议。会议结束,原拟同美学研究所聂振斌同志一道,前往劲松去看你和刘再复同志,聂已应约到我住处,但因有的同志认为路远,而且时间已不太早,他们出于好心,劝我以后有机会再去,这次不必去了,就这样,给耽误了一次早日会见你的机会!

残酷的事实是,我们后来,直到他 1999 年谢世,始终缘悭一面。我们只是曾经神会于"立交桥"。我为什么就不能专门去上海一趟,拜见他一次呢? 翻阅着发黄发脆的信纸,我痛切地意识到,在流逝的岁月里,由于我的性格弱点,失掉了太多不该失掉的东西!

9

2009 年 9 月,上海文艺出版社出版了《中国新文学大系》,在 1976—2000 年的中篇小说卷里,收录了我的《立体交叉桥》;而文学理论卷里,收录了蒋孔阳教授的那篇《立体的和交叉的——读刘心武〈立体交叉桥〉有感》。作为一篇在上世纪 80 年代被北京主流文学理论家和评论家定性为"调子低沉",在中篇小说评奖中被排斥的作品,《立体交叉桥》在二十八年后被收入"大系","系"住它的最强有力的支撑,应该就是蒋孔阳先生那篇大文。我感到欣慰。对蒋先生当年的鼎力扶持,更觉得难能可贵。

　　从网上查到,2010 年 7 月,东方出版中心出版了蒋先生遗著《真诚的追求》,其中收录了他的一百余封书信,可惜目录中没有呈现他给我的来信,想想也不奇怪,他给我的信都没有留底稿,那时候也不会复印。如果编者有意,此书再版时,我愿提供蒋先生给我的三封手书的复印件,补充进去。我以为那是他出色的行为写作。

　　此文写完请一位年轻人过目,他说,蒋孔阳第二封信里有句话似乎不通,我问他是哪句,他说是这句:"把自己的作品当作艺术一样来创造。"我和他讨论。我说这句太重要了。我另造几个句子给他听:"把自己的作品当作宣传品来创造。""把自己的作品当作领导喜欢的东西来创造。""把自己的作品当作摇钱树来创造。""把自己的作品瞄准文学大奖来创造。""把自己的作品去迎合潮流而创造。""把自己的作品当作杂耍来创造。"再让他咀嚼蒋先生那句"似乎不通"的话,他沉吟了一会儿,颔首说:"通了。懂了。"

　　　　　　　　　　　　　　　2010 年 10 月 31 日　　温榆斋

从"卍"的奥秘说起

1

　　有人以为，我对"卍"字的兴趣，源于《红楼梦》，因为《红楼梦》有个丫头叫卍儿，写大观园室内隔板装饰时也出现了"卍"字，表示那板上雕花有"万福万寿"的吉祥含义。其实，"卍"字引起我特别关注，源于一篇现代白话短篇小说，那就是吴组缃的《卍字金银花》。后来我还特别去观察所遇到的金银花，可惜始终没见着花瓣呈"卍"字形的。再后来到佛寺去，见佛像胸前有"卍"字，建筑部件上也会有"卍"字，请教通人，告诉我这个符号出现得很早，在佛教形成前古印度、波斯、希腊等处就出现了，是太阳与火焰的象征，梵文读作"室利瓦磋"，后佛教认为是释迦牟尼胸部出现的瑞相，乃"万德吉祥"的标志；到唐朝，武则天定其读作"万"，后来佛寺将其画到墙上，则又有"法轮常转"的意思。如果观察得更仔细，则会发现有的佛寺，特别是喇嘛寺，所出现的同一符号则是"卐"的形状。那么，它究竟应该是作逆时针旋转状，还是应该呈顺时针旋转状呢？唐朝慧琳法师编有《一切经音义》，他认为顺时针的"卐"为正宗，但你现在到中土佛寺去，所看到的绝大多数都是逆时针的"卍"——当然，顺时针逆时针是按现代钟表指针旋转方式来表述，唐朝并无此种计时器——现代人大概都会觉得"卍"的形状比较顺眼，因为"卐"这个符号，将其斜置，就是上世纪给人类带来莫大灾难的德国纳粹的党徽。

2

《卍字金银花》是吴组缃1933年写的一个短篇小说。作为小说家，他最出色的作品都集中出现在上世纪30年代，虽然他在上世纪40年代发表了长篇小说《山洪》，但我和不少人——包括我的上一辈和下一辈——谈论起来，都觉得他在上世纪30年代的那些短篇小说，就足以令他在中国白话小说史上不朽。

《卍字金银花》讲述了一个凄婉的故事。美丽的青春女性纵有再多的聪慧才情，只因顺应生命本原的律动偷尝了禁果，便被宗族不容，终于惨死在废墟之中。在这个文本里，"卍"字金银花既是贯穿始终的意识兴奋点，更是一个巨大的隐喻。"卍"是中国人心目中意味着长久不衰的吉祥符号，金银不消说了，代表着财富，而这"卍"字和金银又都集中在盛开的花朵上。然而在礼教桎梏下，"卍"字金银花却意味着正当人性的缺位。这篇小说直到今天仍可引出鲜活的现实联想与对人生意义的深思。那天看电视里的一档相亲节目，出场的女嘉宾多有一再追问求偶的男青年"你的长远目标是什么？"以至具体到："你自主创业的公司什么时候可以上市？"非常看重"卍"和金银，也非常看重色相，"你怎这样单薄？""你眼睛怎么小？""你不够帅！"也就是说，要有"卍"和金

隐私是人生命中最真实最珍贵之所在　L·X·W

银，还要开成花。这当然也无可厚非，然而却可以略加薄非吧——罗密欧与朱丽叶、卖油郎与花魁、白马王子与灰姑娘……一直到吴组缃笔下的那位因自主支配了自己感情与身体而被驱赶到废墟中面临死亡，虽痛苦而并无悔意的女子，他们那超越"卐"与金银的生命之花，难道就一点也打动不了你们的心肠吗？

对于现在的某些青春生命来说，远离了高尚、高雅、高洁，从身体到灵魂皆可以为实际利益一丝不挂，那确实已经是铁石心肠，刀枪不入，甘霖不接。也是在电视上，一位化浓妆的姑娘以愤怒而鄙夷的声气大声宣布："少跟我提书！我最讨厌书了！"编导竟未剪掉，大概是可以用来形成刺激、提升收视率吧（此档节目后来已无继续）。她连如今最时髦、最畅销的书也弃若敝屣，你能指望她去翻阅吴组缃的小说，去领会一下《卐字金银花》的意蕴吗？

3

然而我并未灰心。一位迷恋"哈里·波特"系列的"90后"，到我书房帮我修理完电脑，一起闲聊，我跟他推荐了吴组缃的短篇小说《菉竹山房》，那篇小说很短，他坐在沙发上很快读完了，我问他："怎么样？"他说："不错。破除迷信，对吧？"我初读这篇小说时，比他还小，刚上初中，十四岁左右。那时候人民文学出版社陆续出版了一套绿封皮的、"五四运动"以来的老作家的小说选。我始终记得那纯绿的单色封皮，除了书名"××小说选"外，再无任何装饰，真是表里一致的纯文学。记得其中也有一本沈从文的，也买来读过，没什么触动，三十年后再读新出的沈从文小说，才知道那时候他迫于形势，艺术上最精彩的或者不选，或者大加改动。

如今网上有专售旧书的网站,我多次搜索,始终没有发现那种绿皮书(记得还是竖排往右翻的版式)。那个绿皮书系列里,就有《吴组缃短篇小说选》,我那时读完《菉竹山房》,开头也觉得是个写得很抓人的"闹鬼"故事,直到呈现出欧·亨利式的戛然而止的结尾,才知不是鬼是人,确实,其"中心意思",岂非"破除迷信"乎?后来,随着生理上心理上的成熟,再读,才懂得所写的是正当人欲被极度压抑后所形成的大苦闷,小说里的姑姑和她的丫头兰花,一个是老寡妇,一个是老处女,住在一栋充溢着传统文化气息的雅宅里,"我"和妻子的到来,使得她们压抑多年的大苦闷终于有了一个宣泄口,她们夜里就跑到那对年轻夫妻居室的窗外"窥阴"去了!

我和那"90后"小朋友由这篇小说讨论起性心理。小说里还有段文字,看似不经意,却是预设出来为读者回味结尾时反刍的。他写到"我"的大伯娘,见到"我"的妻子即侄儿媳妇阿圆,就亲热到极点:"她老人家就最喜欢搂阿圆在膝上喊宝宝,亲她的脸,咬她的肉,摩挲她的臂膊,又要我和她接吻给她老人家看。一得闲空,就托只水烟袋到我们屋里来,盯着眼看守着我们作迷迷笑脸。"

吴组缃的这篇《菉竹山房》,刺进人性最深处。倒不是说要去皈依弗洛伊德的那一套,把人的一切行为都装进性意识的筐里去进行诠释,但忽略了人的生命是一个极其复杂的存在,生命活动中性意识的勃动确实是绝不能忽略的因素,成年人在这方面的理性自控、随缘宣泄、自觉不自觉地寻求代偿,在一定范畴内属于个体隐私,但若始终混沌汹涌而又不能良性化解,却又难免溢出个人隐私边界而酿成社会问题。

那"90后"小朋友就讲起他侄儿的事。哥哥嫂子侄儿在老家，他放假回去看望，发现仅有四岁的侄儿，却会发出一声大人般的叹息："唉，真烦恼！"为什么呢？因为嫂子的姐姐，大姨妈，每次来了，都要看他的小鸡鸡，原来穿开裆裤，也不懂事，随便看，还用手拨弄，他哭，大姨妈也开怀大笑；如今他不穿开裆裤了，大姨妈来了，还要坚持看鸡鸡，他妈就总让他给看，他竟不知怎地就自发说出了一句"真烦恼"，烦恼归烦恼，还是褪下裤子，让大姨妈看，到最近，裤子也不褪，只朝前边撑开，让那大姨妈从上往下有限度地看；侄子在一天天长大，究竟那"真烦恼"几时会导致严辞拒绝，酿出几方的不快，亦未可知。我就问他那侄子的大姨父情况，他说是在北京建筑工地干活，常年住集体工棚，只有年底领到工资后，才回乡跟家里人团聚。

"90后"小朋友跟我说，他是读了《菉竹山房》，跟我讨论中，才忽然想起小侄儿的"真烦恼"的，原先他只觉得有趣罢了，现在忽然憬悟，其中竟有惊心动魄的因素。我们闲聊到最后，他竟发出这样的宏论："今后是不是应该有供建筑工人带妻子来一起住的工棚呢？那些妻子还可以组成一支娘子军，在大的建筑项目里发挥女性优势，起到作用？"我心里热乎起来。更符合正当人性的社会，正期待这些"90后"在吮吸了包括吴组缃小说在内的文明积累后，开创出来！

4

吴组缃先生生于1908年，大我三十四岁；逝世于1994年，那时帮我修电脑的小朋友才四岁。小朋友问我："您见过他吗？"

　　吴先生在 1949 年以后，就再没写小说了，他从 1952 年以后一直是北京大学中文系的教授，在研究古典文学包括《红楼梦》方面有所建树。我曾想进入北京大学中文系，去听那些包括吴先生在内的名教授讲授。但是命运没有给我安排这样的机会。后来我了解到，即使在古典文学研究领域，吴先生后来也被边缘化了。曾看到一个资料，上世纪中国的文化活动还受苏联影响的时候，常举行国际文化名人的纪念活动，那被纪念的对象由苏联方面主导决定，在中国这边开纪念会，循例要有一位专家出面作一个颇长的报告，不仅会在《人民日报》发表，并会译成几种文字输出。某一年，所纪念的文化名人中，有中国的古典作家，具体是谁资料不在手边，我记不清了，可能是曹雪芹或者吴敬梓，有关方面让吴先生准备那个报告，他非常认真地写出来了，送去审查，也没发现问题，且告诉他非常精彩，但到举行报告会前夜，却忽然通知他不用他的文稿了，改由一位党内有职务的人物去作报告。之所以不让吴先生出面，据说是因为他一非党员二无行政职务，"规格不够"。据我从旁观察，他直到去世，一直缺乏"规格"。但他的小说，他的讲授，他的古典文学研究，那里面的"卍字金银花"所喷发出的芬芳，岂是外在的"规格"所能够限定的？有的曾经"规格"非常显赫的人，早已失去价值或者大贬值，但是现在不说别的，光是重读《卍字金银花》和《菉竹山房》这两个短篇，就会感觉到，吴先生的价值，是会永存的。

5

　　我虽然跟吴组缃先生未谋过面，我们却通过信。原来我也早忘记了有这回事。也是从村居朋友那里,重获一个装旧物的纸箱,才发现了不少旧信,还有三十年前的日记。记忆力是一张网,它会漏下一些东西,留住一些东西,至于究竟为什么有的就漏了,有的其实并非重要的珍贵的却偏粘在网上?殊不可解。前些天读杨天石研究蒋介石日记的大作,心想如果能认识这位先生当面讨教该多好啊。一翻三十年前日记,里面竟分明记下了他当年到寒舍作客,"言谈颇欢"的记载。那时候我们都在中学教书,都没在文化界"成事儿",难道是因为大家都"不够规格",事过境迁后就"忽略不计"了?我确实应该好好反省一下自己人性中的劣质。既如此,则人家现在已是研究蒋介石的专家,蜚声中外,我也就别去"趁热灶火"罢。然而这样的想法就不是人性的暗区吗?

从那朋友送回来的旧纸箱里,清理出若干名人来信,冰心的最多,吴先生的却只有一封,他是用石竹斋的信封信纸写来的,显得十分清雅,内容却是用钢笔写成,如下:

心武同志:

　　惠示奉悉。说得太客气了,益教我汗颜!每日打杂,应付着过日子,心里实在歉疚。

　　久不捧读大作了,想必已忙于新稿。溽暑蒸人,千祈珍卫!

顺祝

　　近祺!

　　　　　　　　　　　　　　　吴组缃　八三、七月

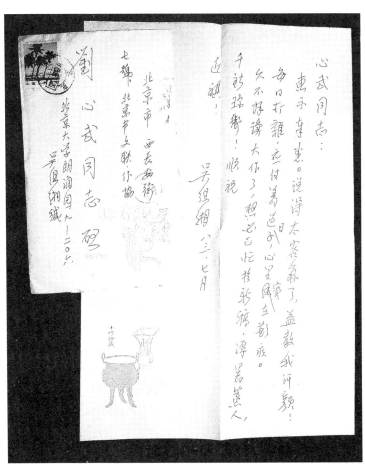

从那朋友送回来的旧纸箱里，清理出若干名人来信，冰心的最多，吴组缃先生的却只有一封，他是用石竹斋的信封信纸写来的，显得十分清雅，内容用钢笔写成。

　　信是用繁体字竖写的,有一个字我现在仍不能断定究竟,就是"千祈珍"后面的那个字,他写的分明是"行"当中有些笔画,不应是"重"或"摄",可能是繁体的"衞",但我实在不习惯"珍卫"的说法。这封信写在 1983 年,那时候我是北京市文联的专业作家,已经发表了一些中篇小说和短篇小说,正在构思写作我的第一个长篇小说《钟鼓楼》。这封信前面一定还有一封他写给我的信,所以我给他回了信,这封信是对我去信的回应。仔细回忆,应该是他读了我那时刊发的某篇作品,来信提出指教,我回信鸣谢,他再回复。可惜那至关重要的第一封信,却偏偏找不出来,只剩这封。那是改革开放初期,文化界、文学界风气一新,像吴先生那样的老作家,不但阅读我这样的比他小三十四岁的晚辈作家的作品,还主动写信来指点。吴先生自己的小说,不仅在立意上、叙述文本节奏把握上、人物刻画、细节铺排上殚精竭虑、精益求精,就是对每一个词语的选用,也十分讲究,他那《卍字金银花》和《菉竹山房》两篇,就十分精致,如苏绣般针针出彩,可谓字字珠玑。老一辈作家留下的作品,固然是可贵的文学遗产,他们对晚辈写作者的关怀指教,以及那时新老作家的和谐相处、切磋共进,也构成美好的、"卍"字连环不到头的文学记忆。

　　只盼哪一天,能从旧物品里,找出吴组缃前辈给我的头一封信来。

2010 年 12 月 20 日　温榆斋

相忆于江湖

有封信是这样开头的：

心武：

　　我猜想，你该从兰州返京了。

　　选择在北戴河给你写信，说明即使美丽的海滨浴场有多么迷人，我仍然没有忘记你……

不要误会，这不是情书。这封信写在 1981 年 8 月 10 日，用了一个《中国文学》杂志的信封，现在已经没有《中国文学》这个杂志了。那时候，有一个外文局，出版外文的《中国文学》杂志，开头只有英文版，后来我知道增加了法文版，里面选译出一些中国作家的作品，还有印制得非常精美的彩色插页，刊登中国画家、雕塑家、摄影家的作品。那时候的中国作家，作品能在《中国文学》上译刊，是春风得意的事情，似乎意味着自己走向世界了。如果《中国文学》能给你搞个专辑，那就更是"春风得意马蹄疾"了。后来外文局又将《中国文学》刊发过的译文编成多人合集，再进一步出

"熊猫丛书"，推出个人作品集与中篇小说、长篇小说的单行本。但是，花很多钱，找很多人（请了不少外国专家），翻译出版的这些杂志、书籍，似乎在国外并不怎么讨好。我就亲耳听到不止一位西方的汉学家郑重其事地跟我说："译得不好。"有的更说："选得不好。"因我不通外文，因此，那时外文局组织翻译出版的中国文学作品究竟选得好不好、译得棒不棒，以及那些跟我说选得译得都不好的西方人说得对不对，我只能对双方都存疑。1981 年写信人用《中国文学》的信封（想来并非刻意而是当时顺手使用），劈头又提到北戴河海滩，里面又提到我去了兰州——那次西北之行还去了嘉峪关、酒泉、敦煌——这些符码，都显示出那时如我们这样的中国作家总体处境相当不错。

　　那是改革开放初期。一些被当作"牛鬼蛇神"的老作家获得解放；一些 1957 年遭难的作家不仅将他们那时的"毒草"以《重放的鲜花》出版，更不吝篇幅刊发出他们的新作；一些"知识青年"从插队的农村、"屯垦戍边"的"兵团"返城，并迅速成为文学新人；一些原来属于"地下文学"的作品，也开始在"官方刊物"上作为"搭配"亮相；有些作家开始走出国门到西方访问……但是，对于中国文学究竟应该如何向前发展？作家应当如何写作？对陆续冒出来的那些新、奇、怪的"眼生"文字如何评价？却看法分歧。本来分歧是再自然不过的事情，文艺上的分歧，美学观上的分歧，就让它一万年甚至更久地分歧下去，不但是正常的事，也是有趣的事。先贤蔡元培先生就说，"多歧为贵，不取苟同"。百花应当齐放，百家争鸣中有几家也可以不参与争鸣，自说自话。如果人类到某一天，美学观念划一了，作品全都"正确"了，"好"得一致了，那么，究

在误解与谤诼中前行, 乃人生之常态　L·X·W

竟是人类的进步，还是末日的征兆？但是，当时就有那么一些人，总把美学观念政治化，对于热情支持新的文学潮流的人士，从政治上去"上纲上线"，于是，便在改革开放的阳光下，铺展开乌云，在处境好转的文化人心灵上，投下阴影。

　　那 1981 年 8 月 11 日从北戴河写信来的人士，就遇到这种情况。他且不去倾诉他的苦恼，而是对我那时的遭遇予以声援抚慰：

　　　　……在读《立体交叉桥》时，我就想给你写信，我要郑重地告诉你：你写出了一部好的作品。……在 1981 年可以预期的文学淡季中，"立交桥"上升起了一颗明星！有人谴责它"格调不高"，你完全可以不用理睬。这些一贯的"高格调"的说教，我以为现在可以套用一个曾经被人用滥了的公式——被某些偏见所反对，恰恰说明你是正确的。

　　关于《立体交叉桥》我在《神会立交桥》一文里已经回忆得很充分，这里不再赘述。但是，显然写信的人的那个预期并不灵验，《立体交叉桥》这个作品没有成为"明星"，三十年过去，于我更无非敝帚自珍罢了。写信的人接下去提到的作品，则即使在三十年前，也未曾引起过更多的人注意，然而他却很有感慨：

　　　　至于《最后一只玉鸟》，我首先要告诉你的，是我的惊奇。我没有和你深谈过，我也忘了是否在玉女峰下、九曲溪畔，和你谈过一只鸟的消失所给予我的心灵的沉重的打击，只是在《北京文学》新年漫语中，偶尔述及，你竟从这透露出来的一线微光中，探索了，而且捕捉了我的全部的内心世界……从偶尔触及的"一"中，作家可以准确地把握到"万"，这是作家的特殊本领。《玉鸟》当然是你"瞎"编的，但是你获得了我的灵魂……

《最后一只玉鸟》这个短篇小说，写一位诗歌评论家每天在宿舍附近的树林里散步，不时会遇到一只鸣啭的玉鸟，但是，有一天，他目睹两个青年人拿着猎枪，只是因为烦闷无聊，就将那只玉鸟打死了，从此再无类似的玉鸟到那片林子里去。小说的叙述文本主要由诗评家的心理活动构成，全篇笼罩一种忧伤的调式，并且当中嵌入了若干舒婷的诗句。1981年春天，我，写信人，孔捷生，李陀，由那时《福建青年》杂志的负责人陈佐洱邀请安排，到福建"采风"，其实就是游山逛水，从闽北一直游到闽南，在厦门鼓浪屿与舒婷会合，大家相处得很好，收获也很大，对于作家来说，游山逛水也没有什么好惭愧的，也是开阔眼界、滋养心灵、激活灵感的一种方式。当然，不能总是游山逛水，深入各行各业的生活，特别是走到劳动者之间，体味民间疾苦，探索心灵秘密，更加必要。《最后一只玉鸟》就是福建行回京后的作品，另外还有以鼓浪屿为背景的短篇小说《她有一头披肩发》。从福建回来以后，又随冯牧去了兰州那边，同行的有公刘、宗璞、谌容，从兰州回来我写出了短篇小说《相逢在兰州》。

　　来信者接着向我倾诉他的遭遇及心理状态：

　　我仍然受到肆无忌惮的攻击和毁谤,登峰造极的恶劣文字,是发表在最近的《泉城文艺》的一篇,海内学人读此莫有不气愤的——包括不同意我的观点的人在内(为了不让这种丑恶的文字破坏了我的宁静的工作环境,我至今还不愿意读它),我对此坦然,我准备看看这类丑剧演到什么时候、什么程度才收场。

然后,他再回到对《最后一只玉鸟》的读后感上:

　　你的支持——一种运用文学形象的特殊手段的支持——给了我信心。同样,我也会全力支持你近来所作的一切探索……我觉得你的创作正挺进在一条宽广的大路上……

三十年过去,如今新一代作家,可能很难理解那时我们的心情。那时的"攻击和毁谤",基本上都是政治性的,那时候还没有形成如今这样多的社会空隙,如今人家不把你收进社会的主体结构,不把你当成砖瓦,你有很多的机会成为"社会填充物",在"正经砖瓦"的缝隙里成为"黏合剂"甚至"共生物",那时候就还不是这样,如果哪怕是一篇公开发表的文章宣布你"反动",无论你原来已经拥有了怎样的社会影响,都存在着立即被抛出主体结构之外,陷于无话语空间的可能。写到这里,我想许多读者应该能够猜出这封信是谁写给我的了。对了,是北京大学中文系教授、著名的诗歌评论家谢冕。那时候《诗刊》退回他的稿子。作为一个

《诗刊》的老作者，一个资深的诗歌评论家，在那时候不仅对谢冕本人是个刺激，对我这样的与诗界不相干的写作者来说，也深受刺激。记得那时候我在一个会上作了这样的发言："《诗刊》当然可以退任何作者的稿件，任何作者不能以为自己的稿件是必须刊发的。任何其他的刊物也是一样。但是，现在我有两个问题，第一个问题是：退回这位作者的这篇稿件，是因为这篇文章写得不好，没达到发表水平吗？据《诗刊》内部的人士告诉我，文章写得很有水平，也有文采，也没有'问题'（指政治问题），之所以退稿，是因为作者别的文章被认为有'严重问题'，因此，这个人的任何文章，就都不宜发表了。这种动辄给人从政治上定性，剥夺其发表权的做法，难道是合理的吗？第二个问题，被退稿的人，能另办一个公开出版的诗歌刊物吗？又不能。有人说《诗刊》是党办的，那么，就意味着它是公器，不是党内一派的私器，现在党确定了改革、开放的路线，有的人的观点，我以为属于极左，你固然可以发表你们的观点，别的支持文学新观念、新尝试的人的观点，应该也可以发表——我还不说是应该优先发表，因为那是与改革开放配套的！"我那发言，也不过是发发牢骚罢了，起不了作用的。后来谢冕又可以在《诗刊》上亮相，是大的政治、社会格局的推进决定的。

　　谢冕的这封信，反映出三十年前，改革开放初期，文学发展中，新观念、新尝试所遇到的阻力，以及所形成的文化人的心理状态与文化生态。那时诗歌的观念创新与新诗潮的涌动，格外引人瞩目，先后有三位诗评家及时写了文章，因文章题目里都有"崛起"字样，故后来被称为"三个崛起"，构成所谓"三个崛起事件"，其中一篇《崛起》的作者就是谢冕，可能因为在"三个崛起"的文章作者里，谢冕有着革命军人的历史，又是共产党员、大学教授，是资深文化人、著名诗评家，因此某些自认为是"正确而坚定的布尔什维克"的文化官员和文化人就特别痛恨他的"丧失立场"吧，使他在那时候很在风口浪尖上煎熬了一阵。

这封信，也反映出，那时候的一些文化人，如我，如谢冕，我们并没有深谈过，但是同气相求，当时代浪涛的相激相荡将我们抛到同一种困境中时，能够相濡以沫，互相激励，互相声援。三十年前那些雨丝风片，如今回想起来，有若许亮光，若许暖意，也有若许混沌，若许惆怅。

那以后我和谢冕再无来往。我们同在一个江湖。相忘于江湖，是我们各自的幸运。说明我们都能游到自己喜欢的水域，尚能从水中获得氧气，不必在一个近乎干涸的小坑里互相以吐出的泡沫苟活。我们又经历过若干风浪，乃至大风大浪，各自又都存在了下来，继续在江湖里游动，寻找意义，享受乐趣。

2010 年 4 月，应台湾新地文学社邀请，我们同往台湾去参加一个文学活动，在台北的开幕式上，马英九去了，还发表了讲话。开幕式是在台湾大学里举行的。参加会议的华文作家来自世界各地，我不善交际，见到老朋友不知从何说起，见到新面孔亦微笑了事，我虽保留了谢冕这样一封信，你看我敢使用朋友二字吗？我们只能算是老熟人吧。我们在台湾不要说没有深谈，浅谈都没有。开幕式进行完，大家吃完盒饭（台湾叫"便当"），凑巧台湾大学文学院前院长齐益寿先生招呼谢冕和我，一起去浏览台大校园。于是我们三个一起在那校园漫步。每到一处，齐先生就介绍那楼、那树、那湖的名称及相关趣事，其间也有他不说话的时候，按说在那样的情形下，我与谢冕应该可以有些交流，但是，没有，他没有特别注意我，我也没特别提醒他：我们三十年前曾经颇为亲密，我还专门以他为模特写了小说，我们还通过信。

人不仅是社会存在，更是家庭存在，更是个体存在。那次台湾方面邀请大陆作家，皆是邀请夫妇同往，唯独我是一个人去的，我2009年丧妻成了鳏夫；我去后，有人告诉我，谢冕夫妇前几年有丧子之痛；我原来以为在去的人当中，自己在个人生活上最苦，这才知道有更比我苦的，丧子之痛，何况是事业正在精进中的英年，一旦夭折，那父母心中的痛是任何文字也无法形容的吧，也不该去形容。我理解了谢冕一路上的若有所失和若有所思。

直到在岛上转了一圈，整个活动结束，在台北桃园机场等候乘飞机返回北京，我才和谢冕夫妇有了交谈。我们互相询问又各自谈及生活中的一些琐事。这种对另外生命的真实而细致的关切，乃是人际交往中最可宝贵的，我感到如丝丝阳光照射到自己生命的叶片，正形成光合效应。

记得我在少年时代，觉得十几年简直是不可想象的漫长岁月。也是，十几年足以发生惊天动地的变化。红军长征开始于1934年10月，那是共产党革命的最低潮，到1949年就夺取到了政权，统共不过十四年。现在从农村朋友送回的纸箱子里发现的谢冕这封信，却弹指已是三十年前的旧物了！"三十年河东，三十年河西"，原以为不过是夸张的修辞，现在却觉得只不过是一种白描。原来不少文化人觉得有"政治上纲上线"的精神压力，现在有的人可能还有，但现在许多文化人感受更深的是市场的压力，这种压力既是物质的也是精神的，"你写的这个叫座吗?""你的书能畅销吗?""你能引来高点击率吗?""你能登上作家富豪榜吗?"我和谢冕既然仍在这个江湖里,也必须面对这种新的压力,当然,他的压力主要是如何在评论工作中应对以上一类"前提",我的压力主要是如何摆脱"销量"、"榜单"的诱惑。因为一封旧信的发现,我意识到,既要相忘于江湖,也要相忆于江湖。忘记有时是必要的减法,而记忆更多的时候是"从一知万"。

2011 年 1 月 23 日　温榆斋

挖煤·小高·胡宅

　　大约是1964年春节过后，毛泽东继1963年对文艺界作了批评性批示后，又作了更严厉的批示，指出文联及下属各协会已经滑到了"裴多菲俱乐部"的边缘，"裴多菲俱乐部"是1956年"匈牙利事件"中被定性为反革命的组织，裴多菲（1823—1849）是匈牙利诗人，他有几句诗汉译为："生命诚可贵，爱情价更高，若为自由故，二者皆可抛。"在中国流传了几十年。那时中国文联不得不进行更深入的文艺整风，同时对各个文艺领域的"毒草"的批判也就如火如荼地开展起来，当时被点名批判的"毒草"电影极多，如《早春二月》《林家铺子》《北国江南》《舞台姐妹》等等，电影界的问题，被认为是"夏、陈修正主义路线"的产物，夏指夏衍，陈指陈荒煤。那时中宣部负责文艺方面领导工作的是周扬，他还能到毛泽东跟前去汇报，毛泽东听到陈荒煤这个名字，先是问："他不是写小说的吗？"陈荒煤二十岁出头的时候，确实是写小说，且影响颇大的，他1934年陆续发表了《忧郁的歌》《长江上》等名篇，因此他后来到了延安，就在鲁迅文艺学院教授写作，连毛泽东也记住了他的这一段"名声"，但1949年以后陈荒煤成为文化部领导干部,长期在副部长夏衍下面从事电影的生产管理工作,毛泽东并不清楚;及至知道出来那么多"毒草"陈荒煤罪孽深重,毛泽东就说:"怎么还不让他去挖煤?"毛泽东惯于从见到的人名上即兴表达他的情绪思绪,听到陈荒煤犯错误就即兴要发配他去煤矿挖煤;张玉凤顶撞他后,他让张滚,张拂袖而去,他便即兴发议论说,张玉凤是张飞的后代,一触即跳。那是同样的一种思维话语方式。

毛泽东在延安时和当时去延安的文艺界人士几乎都熟,许多人被他请到他所住的窑洞里吃饭,比如严文井那时候就被请到过。严文井和陈荒煤一样,去延安前已经发表过作品,有一定名气,到了"鲁艺"不是当学员而是当教师。1966年上半年,还有一种叫"亚非作家紧急会议"的活动在展开,那主要是针对"苏修"的一种文学政治运作,严文井有幸陪同参加"亚非作家紧急会议"的外宾到中南海由毛泽东接见,把外宾们都介绍完了以后,毛泽东盯着严文井问:"你是哪国的?"严文井很尴尬,只好说:"我是中国作家协会的工作人员。"那时毛泽东已经完全不记得在他住的窑洞里请去吃过饭的严文井了。也怪严文井自己,1966年的时候他已完全谢顶,而他的肤色面容实在很像是北非的人士。这是严文井晚年亲自告诉我的。1980年以后,我和严文井、陈荒煤等若干延安出来的老革命老作家有所交往。他们道及、写到的一些鳞爪,常令我产生一种历史的纵深感。

在我失而复得的一批旧信函里,有几封是陈荒煤写给我的。现在捡出一封,信封、信纸用的都是中国社会科学院文学研究所的,留下他命运的轨迹。据陈荒煤自己告诉我,当毛泽东表示他

对比于传说、谣言乃至报导、分析，
真相往往 简单乏味

L.X.W

应该去挖煤的时候,他已经被先期处理了,是下放到《重庆日报》社,报社不敢让他当编辑,就派他到库房里去搬运历年的旧报纸。为什么要把那一摞摞的报纸合订本从这边倒腾到那边?他也不敢问,大概就是为了通过体力劳动来进行惩罚吧。比起挖煤,那苦头当然还是要轻些。倘若毛泽东责问为什么还不让他去挖煤的话出口时,他还没有被发配,那很可能就真把他弄到煤矿去了,那时候他已经年过半百,若下井挖煤怕是撑不住的。其实他原来的名字是陈光美,我对他说,他若一直用陈光美的名字,那天毛泽东是否又会即兴地说:"怎么还不让他去美国呢?"他就无声地笑了笑,笑得很忧郁。陈荒煤确实是个具有忧郁气质的人,第一篇小说题目是《忧郁的歌》,殊非偶然。他最后一篇小说写在到达延安前后,题目是《在教堂里唱歌的人》,但那篇小说里既没有宗教更没有人对主的敬畏,教堂只是一个可供使用的空间,就如同延安"鲁艺"使用一所天主教堂来排演革命歌剧《白毛女》一样。他和严文井,包括鲁艺院长周扬一样,当年是毛泽东的座上客,在毛的晚年却都成了罪人,周扬在动了肺癌手术后仍被揪出游斗,夏衍在被批斗中打断了腿,陈荒煤从重庆揪回北京,经过多次批斗后也关进了秦城监狱,一关就是七年,后来终于放出。进入改革开放时期,陈荒煤恢复工作,第一个职务就是中国社科院文学所的副所长(所长我记得是沙汀),后来又重回文化部,再次负责中国电影的生产、管理工作,不过他一定留下了若干文学所的信封信笺。到了文化部,是为文化部节省?他仍用文学所的信笺给人写信。我保留的这封写于 1982 年 9 月 22 日的信,就是如此:

心武同志：

……我看了你和蒋孔阳的通讯，你和冯骥才、李陀的通讯，有些意见我同意，也有些不同意，如笼统地说，《立体交叉桥》是你最好的小说，最深刻。

从你们三人谈现代派问题的信来看，就我们文学可否借鉴现代派某些手法与技巧来说，这没有什么可非议的。特别是不主张模仿、硬搬，这是对的。从内容和形式的关系来讲，也还要看到二者之间既有区别，又有联系。总之，提出问题争议一下，都是可以的。但也没有必要硬要打出"中国需要现代派"这样故作惊人的旗子。

我也收到小高的书和信，还没有仔细拜读。对现代派并无研究，所以不能表示什么意见。

随着时代的发展，现代文学、艺术可以向国外借鉴一切值得学习、参考的东西。但纯形式的搬用，不承认某些形式是和内容相适应的，也不行。例如"看不懂"的抽象派的画在社会主义文艺中要不要占有一定位置，是否值得提倡，我也怀疑。

你们几位，在青年读者中有一定影响，进行探讨某些问题，甚至争论当然完全可以，容许的。我现在也还没有听到什么反映（我在文化部方面听不到什么文学界的反映），不过你们也应注意一些方式和方法，不要给有些僵化思想的人一听，这些人在中国搞现代派了，大惊小怪，何必如此？

对《如意》的支持，是我分内应做的事，也是经常做的事，实在没有什么可说感谢的问题。其实我也有支持错的时候，这也难免。但不管怎样，得到许多同志称赞，我还是高兴的。
文联国庆茶话会，就要给大家放《如意》。

回京后再谈。

祝好

陈荒煤

九月廿二日晚

这封信里所提到的"小高"，自然是个中国人，那时候他写了
一本小册子《现代小说技巧初探》，在文学界反响不俗。王蒙在
《读书》杂志上发表了一篇评论，引用"小高"一个论断以后，赞曰
"妙极"。这体现出王蒙天性中率真的一面。王蒙那时的政治身
份正在提升，我不记得是否已经当上了中共中央候补委员，但他
那时肯定是中国作家协会党组副书记、常务副主席，他竟然不先
进行算计量好尺寸拿捏好腔调说话，对一位在中国文坛上并无地
位的"小高"的谈"小说技巧"的小册子"怪声叫好"起来，难怪有的
"同僚"对他侧目，"有些僵化思想的"一般文化人也不免大惊小
怪，对他多有訾议。那时我和"小高"过从甚密，也写了篇文章给
《读书》，跟王蒙的文章前后脚发表出来，题目叫《在新、奇、怪面
前》，好在如今有《读书三十年光盘版（1979—2009）》，很容易查
阅，这里不赘言。当时的《上海文学》杂志就来跟我联系，希望找
几个我们这一代的作家在他们杂志上就"小高"的小册子展开讨
论，于是我约了冯骥才和李陀，他们很快将写出的文章汇集到我
处，二人对"小高"的观点一致赞同，并多有发挥，我便写了一篇跟
他们有所差别的文章，既是我的真实想法，也是为了让三篇文章

放到一起多少有点"讨论"的意味。这组文章很快被《上海文学》刊登了出来，2009年上海文艺出版社编辑出版的《中国新文学大系》的文学理论卷加以收入，也不难查到。这三篇文章，加上王蒙的文章，出现后被称为"四只小风筝"，被认为是为"小高"所倡导的"现代派"文学鼓与吹的。《上海文学》由我打总寄去的三篇文章刊发后，冯骥才见到我对我啧有烦言，他质问："咱们不是说好了一块儿声援的吗？"他嫌我那只"风筝"有点飘忽不定，我跟他解释是为了跟他和李陀的文章"花插开"，为的别显得太刺激，他还是耿耿于怀。"小高"却在我家跟我喝酒时，表示完全理解我的做法，认为不必"一个喉咙"。这就说明，当时比较年轻的一代，多与如陈荒煤那样的算得开明的文化前辈，在想法上仍存在距离，当然与那些"有些僵化思想"甚至"十分僵化"的文化领导、文学前辈，就更有"难与夏虫语冰"的隔阂了。

　　"小高"其实绝非一个纯形式主义者，他在那以后，先是从戏剧入手，探索以新的形式表达一些新的理念，后来，他跑到神农架去，深入到最蛮荒的领域，采风中搜集到汉族最古老的口传史诗《黑暗传》，回到北京又到我家喝酒欢谈，道出正构思一部涵括古今的，以九九八十一章，我你他三种人称构成文本的长篇小说。初稿出来以后，他让我先睹为快。

　　"小高"的笔迹不好认，但是跟陈荒煤的笔迹比较起来，还不那么费眼力。陈荒煤的字绝不能说是潦草，恰恰相反，就他写给我的信而言，是一个字一个字分开，绣花般写出来的，说实在的，不像是男子汉的笔迹，竟可用"娟秀"来形容。读着他的信，我不禁胡思乱想，当年他就是用这样的字迹来写检查、交代、揭发、认罪的那些材料的吗？办他案的那些专案组的成员，当时能顺利地认出他写的是些什么吗？心理学家能从人的笔迹分析出人的性格，以我与陈荒煤接触的体会，觉得真是"文如其人"，这里说的"文"先不论内容，但就形式而言，就是有这样笔迹的人，会是感情丰富细腻，却又藏匿很深，并且在表达感情方面，会是优柔寡断的。前两年读到严平写的关于陈荒煤他们那一代人的寻访录，才知道他在去往延安以前，长期和张瑞芳、张欣姐妹在一起，他们在革命的剧团里同甘共苦，辗转各地，他是爱张瑞芳的，却怯于表达，终于只好放弃，最后，他和天真烂漫的张欣在延安结为连理。

　　陈荒煤对根据我的同名中篇小说改编拍摄的电影《如意》大力支持，那时他的同代人，同由延安出来的一些老革命、老文化人，对《如意》那样无遮拦地弘扬人道主义，是持否定态度的。但陈荒煤力排众议，使得这部电影得以"出笼"，并利用他的权限，将其安排在 1982 年的文联茶话会上放映。这说明那时的他，在吸收西方文明中的古典精华如人道主义方面，已达到义无反顾的程度。但是对于西方现代派的东西，他还持十分慎重的态度。他是真诚的。他和"小高"也熟，"小高"把《现代小说技巧初探》寄给他，并写去请他指正的信，他实事求是地承认自己发言权有限，对"小高"却并无反感。

　　但是以后几年里，关于"现代派"的问题越来越敏感，以至大约是 1983 年，《文艺报》上刊登出一篇对"现代派"从政治上予以抨击的"读者来信"。我虽然比陈荒煤那一代文化人晚生了二三十年，究竟也经历了些风浪，深知有时候政治的运作始于所谓"读者来信"，1990 年以后王蒙所遭受的关于《坚硬的稀粥》风波，就是先以"读者来信"方式发难的，表面是"一读者"就具体的文学作品表态，实际是某些人欲从此发动起一场政治声讨。1983 年《文艺报》发表出那样的"读者来信"以后，有一天我遇到当时《文艺报》的双主编之一孔罗荪，我就跟他发牢骚，说怎么又要把关于"现代派"的讨论往政治上拉扯，这不又成了"以阶级斗争为纲"吗？孔罗荪一贯笑眯眯，那天他仍飨我以招牌微笑，安慰我说："那是一个读者的看法嘛。"我却仍然悻悻。

　　后来，有一个机会，说胡乔木愿意跟青年作家随便谈谈，一个晚上我就和李陀应邀去了胡宅。那是中南海边上的一栋年代久远的小洋楼。胡乔木从楼上下来，在楼下客厅里接见了我们。我见了他就告《文艺报》的状，说想不通为什么要把"现代派"的问题往政治上去上纲上线？胡乔木表现得很耐心，倾听了我和李陀的意见和想法。他没有就《文艺报》刊登那样的"读者来信"表态，也许他没有时间翻阅《文艺报》。他侃侃而谈，谈到乔伊斯，他用英语发音说出爱尔兰那位作家的名字和《尤利西斯》那部作品的名称。我实在听不明白他究竟想表达一个什么意思。他跟我们交谈了很久，总体印象，是他只想向我们展示他的博学多识和礼贤下士。从他家告别出来以后，街上一般的公共汽车都已开过末班，我和李陀步行良久，才遇到一种夜班车，那车只到李陀家那边，我那晚就在李陀家凑合了一夜。

　　忆往事，总不禁发呆。当年那些参加"亚非作家紧急会议"的外宾，有的是被我们养起来的，他们后来都回自己国家去了吗？又写出了一些什么作品？有又来中国的吗？后来有作品翻译成中文吗？当年主持其事的中国作家协会外联部的负责人杨朔，

1966 年运动一起来，就自杀了；他的副手韩北屏，后来也死在"五七干校"。活过来的严文井，后来成为北岛、"小高"进行文学探索的最早也最坚决的支持者。"小高"现在当然还在世，2010 年春天我和王蒙还在台北与他欢聚，但是直到半年前还总有年轻的记者要求我预测"什么时候中国作家能够获得诺贝尔文学奖"？有人跟我强调"小高"现在持有别国护照，可是在《建国大业》那样的"献礼片"里，不是很有一些参演的人士持有别国护照而都并不对他们"见外"吗？

陈荒煤于 1996 年去世，享年 83 岁，他直到去世前，神志清醒时，仍在关注"中国电影事业的发展"。记得有位年轻人听了顿脚："行啦您的！您烦不烦人呀！"如果他如今仍在世并仍有观察思考能力，他对华谊兄弟这种私营电影机构的坐大，对冯小刚这样的导演及其作品，会生发出怎样的忧郁与感叹呢？

每个人到头来都会作古。眼下的事到头来都会成为往事。我的切身体验是，准确地表述往事，实在是十分艰难，而对往昔的自己和他人宽容，是十分必要的。

2011 年 2 月 22 日　温榆斋

陋于知人心

　　我写过的最多的一位作家应该是宗璞，长文短文，乃至于干脆连文带画一起拿去发表（2010年《文汇报》《笔会》就刊发了我的《宗璞大姐嗷饭图》），现在竟还要写她。我写大姐的文章她都看，都有回应，也曾提出意见，但总的来说，她读后都是高兴的。

　　捡出一封大姐1982年12月19日给我的来信，其中开头一段是：

　　心武贤弟：

　　　　长篇会上匆匆一会，现已过了快一个月，已是青阳逼岁除了。很愿你来谈谈，想来你也是忙极。令堂身体好些否？我过些时一定要来看望的。写得顺手吗？古人云：中国之君子明于知礼仪，而陋于知人心，我觉得这话真中肯，所以我们该知人心，写人心呵。

　　信中所说的"长篇会"，指那年11月中国作家协会召开的"长篇小说创作座谈会"，那时茅盾还在世，他以作协主席身份主持了心武贤弟：

长篇会上匆匆一会，转又过了快一月，只是青阳遍芙蓉了。很高兴我谈之想来你也是忙碌。今堂身体好些了，我也些时一定要来看望的。写得顺手吗，古人云中国之君子明於知礼义，而陋於知人心。我觉得这话真中肯，所以要多多知人心，写人心呵。

李院和建功曾来我处，托我代候在之一见。很遗憾上星期日开完理协会，星期一又统一处开三天会，地点到广州。今年怕见不成了。李院说13日打电话给我，但我未接到电话，所以无法告诉他们我联系的结果。随便中想着好吗，如需要过年再联系。如需我做什么，只管来电话。

并祝吉星高照！
全家好！

愚姊 宗璞
82.12.19

那个座谈会。那时候国家进入改革开放新时期,短篇小说、中篇小说相继繁荣起来,但是还缺乏新的长篇小说,因此开个会促进一下。那时候我和宗璞都还只尝试过短篇小说和中篇小说的创作,都还没有写出长篇小说。当然,宗璞大姐不但年龄比我大,写作资历也比我长而且早有建树,她 1956 年写出的短篇小说《红豆》是一朵奇葩,1957 年的时候遭到批判,不过还算幸运,没划为"毒草"而定性为"莠草"。

接到宗璞大姐这封信以后不久,我就幸运地从北京出版社文艺编辑室调到北京市文联,成了一个专业作家,直到 1986 年夏天又调到《人民文学》杂志社工作,才结束了专业作家的身份。北京市文联那时的负责人,要求专业作家报创作计划,对中青年作家要求比较严格,不但要求报出所拟创作的题材样式,还要求根据所报题材列出深入生活的具体打算。当然鼓励报长篇小说的创作计划。有的报了工业题材,有的报了农业题材,有的报了军事题材,当然都受到鼓励。文联领导就要求作家根据所报题材去"下生活"。我那时报的是"北京城市居民生活题材",要求文联开介绍信给当时的东四人民市场(原来叫隆福寺百货商场),我好拿着去联系,在商场里体验生活,并试图再从商场辐射开,深入到售货员、仓库保管员等的家庭,去体验,去积累,以便能激活灵感,升华出艺术想象,写出一部有我个人特点的长篇小说来。

没想到我报出的创作计划令当时的文联主要领导不满。他绝对是个好人,完全是为了爱护我。他认为我那样年轻,不冲到工、农、兵第一线去,不去书写工厂、农村、战场的火热生活,却要去深入闹市的商场,未免太那个。他对我创作计划的訾议,使我有些个紧张。我在正式调入北京市文联之前,已经加入了中国作家协会,自然也是北京市作家协会成员,在创作上已经受到北京市文联领导,那时候正逢对越的自卫反击战打响,中国作协和北京作协都组织作家特别是青年作家去前线,回来写出相关的作品,我也在被发动之中。那时候我和中国作家协会的领导成员之一的冯牧个人关系很好,有一天到他家去,我私下跟他说,这场战争从政治上说我是理解的,但是从情感上说,两个社会主义国家,前些年还是"同志加兄弟",文艺工作者创作了许多作品歌颂这种"兄弟情谊",从歌曲到舞台剧,从诗歌散文到报告文学,有的歌曲我现在还能随口哼出,现在却要去书写双方的浴血奋战,我觉得为难。我这"活思想",在当时即使不算"反动",也是十足的"落后"。但是冯牧听了竟没有批评我。由于冯牧的"庇护",后来宣布的上前线的作家名单里,就没有把我列上,因此我也就没有写过相关内容的作品。冯牧仙去很久了,现在回想起来,我仍感谢他对我的宽容。但这件事情是否已令当时北京市文联的那位主要领导视为"前科"呢?我不得而知。不过他对我在报创作计划时竟然大模大样提出来不下厂不下乡也不下部队,而欲直奔花花绿绿的都市大商场,确实很劳了一番神。

　　好在那时王蒙不但兼着中国作家协会的领导职务,也在北京市文联兼着领导职务,那位北京市文联的主要领导便就商于王蒙,说你看刘心武报的竟是到百货商场去体验生活,希望他也能劝我还是改换计划,去工农兵一线为好。没想到王蒙的意见却是:城市市民生活也可以描写,百货商场也是社会生活的一个主要方面,心武既然有这样打算,就让他去尝试吧。这样我才拿到

大悲烔情允是人类不可或缺的维生素 L.X.W

去往东四人民市场的介绍信,先由市场宣传科的人士接待,听取宏观介绍,再经他们牵线,结识了几位售货员、仓储员、司机,蒙他们不弃,得以逐步进入他们的家庭、邻里,积累了丰富的创作资源。在这个过程里,我跟宗璞大姐讲出我的初步构思,并告诉她已经开笔,所以她在来信里问:"写得顺手吗?"

我那时开写的,就是我的第一部长篇小说《钟鼓楼》。我那时就问宗璞大姐:你构思的长篇小说是什么呢?何时开笔?她笑说并非专业作家,毋庸报什么创作计划。她是中国社会科学院外国文学研究所英语文学室的,她说室主任朱虹十分开明,允许她私下将小说创作当作主业。那时朱虹分配给她的任务是研究澳大利亚获得了诺贝尔文学奖的小说家怀特。她当然也就读了不少怀特的作品。那时我来不及读怀特小说的中译本,就问大姐怀特究竟写得如何?大姐道,自然是有特点的,获奖非侥幸,但是,说到这里大姐笑了笑,告诉我说:"我没法子翻译,因为我总想给他改!"就是说,以英语写作而论,大姐私下觉得怀特的文字可商榷处甚多。一个自己能创作的人士,去翻译她觉得文字并非完善的作家的作品,翻译者的主观意识跟原著者的文学思维龃龉,你说怎么翻译得下去?后来大姐就连研究怀特的论文也未能交卷。但是大姐的小说创作却不断地开花结果,此外还有篇什甚丰的童话散文发表。

大姐这封信里勖勉我"知人心,写人心",在我创作《钟鼓楼》的过程里,成为我的座右铭。《钟鼓楼》里出场人物甚多,我每刻画一个,就努力去进入其"心思"。小说接近完成时,已经是1984年春天。那时候我曾供职过的北京出版社《十月》杂志曾提供条件，让我到青岛参加一个与海军部队创作组联办的笔会，对《钟鼓楼》进行最后的润色，至今我还怀念着那些时日和所结识的海军作家，美好记忆，如不落的彩霞。但是在从青岛返回北京的路途中，负责那一年《十月》稿件终审的副主编张兴春告诉我，由于前几期的稿子已经排满，又由于我的《钟鼓楼》太长（约 28 万字），因此，他只能跨年度安排，即 1984 年第 6 期刊出前一半，1985 年第 1 期刊出后一半。我当时没表示什么，心里却很别扭。因为那时候宣布，第二届茅盾文学奖的参评作品，必须是 1984 年内及以前所刊发的，倘若《钟鼓楼》后一半 1985 年初才刊出，那就只能等到四年后去参评第三届茅盾文学奖了。由于有这样的私心，回到北京以后，我就背叛了《十月》，把《钟鼓楼》给了人民文学出版社的《当代》杂志，《当代》允诺在 1984 年内给我发完，责任编辑之一的章仲谔又去找了名画家丁聪，为《钟鼓楼》的书设计封面和绘制插图，丁聪的画在《当代》杂志上也部分使用了，单行本还没有印出来，在 1985 年的第二届茅盾文学奖评选中，《钟鼓楼》竟获了奖。

　　第三届茅盾文学奖因故延迟评颁。本来呼声很高的王蒙的《活动变人形》落榜。也不奇怪。那以后见到宗璞大姐，说及此事，都知王蒙连一个短篇小说《坚硬的稀粥》都被揪住不放，欲对他"政治解决"，哪里还可能评他一个茅盾文学奖呢？转眼到了1994 年，王蒙六十"大寿"（加引号是因为现在中国已进入老龄社会，七十绝非稀奇，八十还是小弟，九十过后仍活跃的大有人在），宗璞大姐就给我来电话，说应该为王蒙庆寿，大家聚聚，热闹一下，让我牵头，结果是"大懒支小懒，小懒支板凳，板凳支门槛"，到头来牵头张罗的是李辉。后来王蒙的情况又有些个回黄转绿，

"稀粥"事已被经历者淡忘,未经历的需费许多唇舌才能弄个明白。到 2004 年王蒙七十华诞,我跟宗璞大姐通电话时就说"无贺不失理"。

宗璞大姐 1988 年出版她的长篇小说《野葫芦引》的第一部《南渡记》,2001 年出版了第二部《东藏记》。《东藏记》出来以后,在北京大学召开了一个研讨会。那时候我已处于赋闲的边缘状态,主流是排斥我的,我也排斥他们,双向排斥,形成了我不参加任何会议的常态。但大姐给我来了电话,全然是没商量的语气:"心武你要来啊!"我只好赴会。那个研讨会主流、非主流去了很多人,我发完言就离席走了,也没跟大姐握别。到后来,《东藏记》获得了第六届茅盾文学奖,我以为是实至名归。2009 年,大姐又推出了第三部《西征记》,她寄书给我后,通电话时要我将读后感"据实道来",我便无遮拦地报告一番,她嘱咐:"你要写文章啊!"我很乐意,于是写出了文章发表。最近跟她通电话,问第四部《北归记》的进展,她目已眇,耳已背,更时时晕眩,却表示还在点滴推进。她虽然采取口授、助手打字的方式进行,但告诉我不能说成是在"口述小说",还应该说是在写小说,因为思维完全是书卷式的,助手打完了,包括标点符号,她是要逐一细修细校的。她把《北归记》的主旨向我道出,令我震动。是大彻大悟的笔墨。

我和大姐都热爱《红楼梦》,但我们分歧甚大。大姐喜欢一百二十回的通行本,虽然也对高鹗所续的后四十回啧有烦言,比如她手中的本子里,高鹗有一回写到凤姐抽水烟,她几次跟我说起,认为真是一处败笔毁了一个美好的形象,但她总体还是接受高续的。《红楼梦》里她最喜欢的人物是薛宝琴。大姐对我的"秦学"

"揭秘"勉强可以接受,对我认同周汝昌先生的曹雪芹笔下黛玉结局为沉湖,却绝不苟同。但大姐对中国艺术研究院红楼梦研究所校注的那个一百二十回本子却又十分不满。那个本子前八十回是用一个叫庚辰本的古抄本作底本的,除非文字实在不通,比如说迎春是"政老爹前妻所出",不得不加以改动外,大体对庚辰本照单全收,于是回目就令大姐一再败兴。红学所校注的一百二十回本子第三回回目后半句是"林黛玉抛父进京都",大姐不止一次跟我议论说,黛玉对父母是十分孝顺的,怎么能忍心说她"抛父"呢? 而且,她进京都,是父亲安排的,非要用"抛"字,也只能说是父亲将她抛往京都啊! 她觉得还是根据程乙本印行的一百二十回通行本上,那"接外孙贾母惜孤女"的写法比较靠谱。人们都知道宗璞是大孝女,为维护父亲的名誉尊严,她曾不惜"硬碰硬"地去源头索求解释。一家出版社曾出她的小说选,慈父为她作序,我记得序里写到宗璞在清华求学时曾指挥歌队咏唱,头上戴顶法兰西帽,将手中小木棒一挥,歌声顿起,令为父的十分欣喜。但那家出版社却在付印前将那篇序紧急抽掉了,事前也不跟大姐打个招呼。后来汇寄稿费,却又并不寄到她所供职的外文所或她的居所,而是偏偏寄到北大哲学系写上她父亲名字再转ецало。这些做法对大姐的伤害是很深的,她曾跟我叹息:"出这本书从头到尾都令人不快。"经手人为什么要这样做? 大姐和我谈起,我们都喟叹自己毕竟也还是"陋于知人心"。我续出《红楼梦》后二十八回,印出毛边"贵宾鉴藏本"以后,也寄了大姐一册,但到写这篇文章时,还未打电话去问她的感想。她现在自己已不能直接阅读,需靠助手朗读给她听。考虑到大姐目前时会晕眩,且还要点滴积累她自己的四部曲最后一部《北归记》，我觉得大姐真不必听读我的续书了，她能摩挲几下封面，笑她愚弟又惹出一场风波，我也就知足了。

跟宗璞大姐交往是可以完全不动脑筋，不设防，以童稚思维语言也无碍的。人性真的太深奥。以我个人的生命经验，遭遇人性善的几率，是大大低于人性恶的。我以前总试图让更多的人理解我谅解我，现在知道那是近乎妄想。我把"陋于知人心"作为这篇文章的题目，为的是激励自己在未尽生涯里继续修炼"知人心"这门艰深的功课。现在想想，有几个如宗璞这样的人，能包容我的错失、疏漏、失态，欣赏我的个性，这一世，也就不枉来过。

2011 年 3 月 16 日　温榆斋

被春雪融尽了的足迹

大约是 1985 年的夏天,我从琉璃厂海王村书店出来,顺人行道朝南走,忽然迎面的慢车道上,一个清瘦的中年男子骑自行车过来,他先认出我,到我跟前,便刹住了车,招呼我:"心武!"

这一声招呼,事隔二十六年了,却似乎还在耳畔。是一种特别具有北京味儿的招呼,"武"字儿化得极其圆润。其实招呼我的人并非地道的北京人,他祖籍本是浙江萧山,大概因为全家迁京定居年头多了,因此说起话来全无江浙人的平舌音,倒满像旗人的后代,往往将一种亲切感,以豌豆黄似的滑腻甜美的卷舌音自然而然地表达出来。豌豆黄是一种北京美食,据说是当年慈禧太后的最爱,就如她将京剧调理得美轮美奂一样,豌豆黄也在满足她的嗜好中越来越悦目可口。

那天不过是一次邂逅。我去琉璃厂买书,他那时住在琉璃厂南边不远的虎坊桥,也许只是骑车遛遛。完全不记得他招呼完我以后,我们俩说了些什么话了。但是那一声"心武",却在岁月的磨砺中仍不失其动听。

我是一个敏感的人。往往从别人并不明确的表情和简短的话音里,便能感受到所施与我的是虚伪敷衍还是真诚看重。我从那一声"心武",感受到的是对我的友好善意。

那天招呼我的,是兄长辈的诗人邵燕祥。

早在 1955 年,也就是一声"心武"的招呼的再三十年前,邵燕祥于我就是一个熟悉的名字,我背诵过他的篇幅颇长的诗《到远方去》,那时候不仅他那一代的许多青年人,充满了建设自己祖国的激昂热情,就是还处在少年时代的我,以及我的许多同代人,也都向往着到远离北京的地方,去建设新的工厂和农庄。还记得那前后邵燕祥写了一首题目完全属于新闻报道的诗,抒发的是架设了高压输电线的喜悦豪情,现在的青少年倘若再读多半会怪讶吧——这也是诗?但那时的我,一个爱好文学的少年,读来却心旌摇曳,那就是我这个具体的生命所置身的地域与时代。其实每一个时空里的每一个具体生命,都无法遁逃于笼罩他或她的外部因素,其命运的不同,只不过是他或她的主观意识与外部因素相互作用所产生的效应不同罢了。

那时候看电影,苏联电影多半是莫斯科电影制片厂出品,开头总是其厂标,一个举铁锤的健硕工人和一个举镰刀的集体农庄女庄员,以马步将铁锤镰刀交叉在一起,形成一个极具冲击力的图腾。中国国产电影仿照其模式,片头在持铁锤镰刀的男工女农外,增添一个持冲锋枪的士兵,随着庄严的音乐徐徐从侧面转成正面。因为看电影多了,因此我和许多同代人都能随时将那片头厂标曲哼唱出来。后来就知道,那首曲子叫做《新民主主义进行曲》,是由老革命音乐家贺绿汀谱成的。新民主主义,至少在 1955年以前是一个非常响亮的主义,毛泽东曾撰《新民主主义论》,记得那时我父亲——他是一个被新海关留下并予以重用的旧海关人员——每当捧读《新民主主义论》的时候都会一唱三叹,服膺不已,我那时候还小,不大懂得,却印象深刻。还记得那时候老师是这样给我们解释五星红旗的:大的那颗星星代表共产党,团结在其周围的四颗星,则分别代表着工人阶级、农民阶级、小资产阶级和民族资产阶级。

想到这些,不是无端的。与那时所有的人皆相关,包括邵燕祥。

邵燕祥少年时代就左倾,那时的左倾,就是倾向共产党,多半还不是领袖崇拜,而是服膺于新民主主义的纲领,在《新民主主义进行曲》的旋律下,建设一个光明的新中国。

但是没过多久,新民主主义的提法就式微了,要掀起社会主义革命的高潮,还要跑步进入共产主义。国产片片头的工农兵塑像还保留着,却取消了《新民主主义进行曲》的伴奏。到后来,老师跟学生解释国旗上五颗星的象征意义,也就不再是我儿时听到的那种版本。《社会主义好》的歌曲大流行,《新民主主义进行曲》被抛弃淘汰。

一首歌,抛弃淘汰也就罢了。但是人呢?活泼泼的生命呢?

建设当然也还在建设,与天斗,与地斗,却都还不是第一位的,提升到第一位的是人斗人。到我十五岁那一年,就有不少我原来熟悉的作家、诗人、艺术家,从人民的队伍里被抛弃淘汰掉了。在被批判的诗人名单里,赫然出现了艾青。紧跟着我被告知,还有一些诗人也成了社会主义革命的对象,其中就有邵燕祥。多年以后,我读了邵燕祥回忆那一段生命历程的《沉船》,有两个细节给我的印象最深，一个细节是当他刚参加中国新闻代表团访问苏联回来不久，本来似乎更要"直挂云帆济沧海"，却猛不丁地就遭遇"飓风"而"沉船"，他在自己的宿舍里闷坐，对面恰好是大立柜上的穿衣镜，他望着自己的镜像，头脑里不禁浮出"好头颅谁取之"的意识；还有就是他写到有一场对他的批判会是在乒乓球室召开的。我曾当面问他："怎么会在乒乓球室里召开批判会？"他没想到我会有如此一问，说他那样记录不过是白描罢了。我的心却在阵痛，敢问人世间，自有乒乓球这项运动，设置了供人锻炼游嬉的专用乒乓室后，在何处，有几多，将其用来人斗人？

生命是脆弱的。生存是艰难的。穿越劫难活下来是不容易的。

1975年，我从任教的中学借调到当时的北京人民出版社文学室当编辑，当时在文学室的一位女士叫邵焱，她负责编诗歌稿件。我们相处半年以后，才有人跟我透露，她原名邵燕祯，是邵燕祥的妹妹。这让我想起了《到远方去》，想起了新民主主义时期的高压输电线，觉得自己有了接触邵燕祥的机会，暗中兴奋。但是我几次试图跟邵焱提起邵燕祥，她虽满脸微笑，却总是一两句话便岔开。1976年10月以后，政治情势发生了变化，1978年出版社同仁一起创办《十月》丛刊，我那时忝列《十月》"领导小组"，就跟邵焱交代，跟邵燕祥约稿，无论诗歌散文都欢迎。邵焱仍是满脸微笑，过几天我问起约稿的事，她的回答很含蓄，好像是"现在行吗"一类的疑问句。我隐隐觉得，是邵燕祥还要再观察观察，包括观察《十月》究竟是怎样的面貌。后来与他接触，证实他的确不是个急脾气，而是凡事深思熟虑，一贯气定神闲的性格。

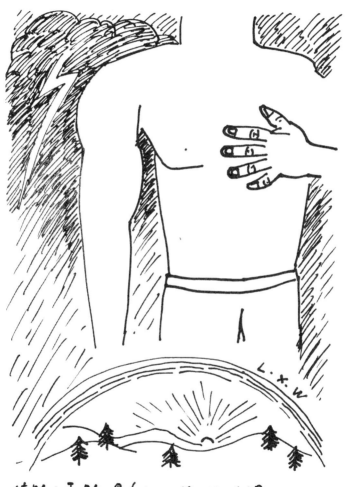

谅解与和解，是人生必修的功课……

　　后来进入改革开放时期。邵和我先后被调入中国作家协会，他在《诗刊》，我在《人民文学》，他忙他的，我忙我的，见面不多，谈得很少，但我总还感觉到他对我的善意。我记得他曾将邵荃麟女儿邵小琴一篇回忆亡父的文章刊发到《诗刊》上，我问他：邵荃麟是文学理论家、翻译家，并非诗人，而邵小琴写的也不是悼亡诗，你怎么不介绍到《人民文学》发而偏在《诗刊》发呢？他也不解释，只是告诉我："邵荃麟在1957年保护了人啊，要不那时中国作协的运动会更惨烈！"后来他又几次跟我说起邵荃麟"保人"的事。这说明邵燕祥对爱护人、保护人的行为深深崇敬。我心中不免暗想，倘若那一年邵燕祥是在邵荃麟够得着的范围里，是不是也有幸被保护下来，只"补船"而不至于"沉船"呢？人世间基于正直、仗义而冒风险保护别人不至沉沦的仁者，确实金贵啊！

　　到了上世纪90年代，邵燕祥和我都赋闲了。后来通知他，还把他的名字保留在中国作协的主席团里，他坚决辞掉了。再后来又一届会议，我收到一份表格，是保留全国委员需填写的，我退了回去，注明应将此名额付予合适的人选，结果中国作协当时一把手通过从维熙兄打电话转达我：名单已上报无法更改，但我可以不填表不去开会。这样我们都自在了。就有几次结伴去外地旅游。2001年我们同去了奉化、宁波、普陀、杭州。回京后燕祥兄将几张照片寄我并附一信：

　　心武：

　　　　鄂力已将他的照片寄来。我们拍的也冲出加印四张奉上，效果尚可。

　　此行甚快，值得纪念。唯发现你平时欠体力活动，似宜注意。不必刻意"锻炼"，散步（接地气，活血脉）足矣。

　　绣春囊为宝钗藏物，亦"事出有因"之想，可启人思路，经兄之文，始知世间有人如此细读红书。

　　顺祝

双好

　　　　　　　　　　　　　　　　　　　　燕祥

　　　　　　　　　　　　　　　九，一九，二〇〇一

　　信中所提到的鄂力，是京城许多老一辈文化人都熟悉的民间篆刻家，我是从吴祖光、新凤霞那里认识他的，后来也成了忘年交，他以我私人助手的名义帮助我十几年，那次南游他也是燕祥、文秀伉俪的好游伴（现在的网络语言称"驴友"）。燕祥自己坚持长距离散步已经很多年了，他很早就习惯在腰上挂一个计步器，严格要求自己完成预定的步数，这和他写杂文一样，在时间、地点、人物、事件的引述上一丝不苟，尤其是原来某人某文件是怎么说的，后来如何改口的，总凿凿有据，虽点到为止，必正中穴位，读来十分痛快。我老伴去世前，不怎么能欣赏燕祥的诗，却总对他发表在《新民晚报》《夜光杯》上的杂文赞叹，有时还念出几句或一段给我听，然后对我说："看看人家！"意思是让我"学着点"，但我却总自愧弗如，学不到手，其中最关键的一点，是燕祥兄有积攒、查阅历史资料的超强意识与意志，所以能做到言必有据，他的反诘句，也就格外具有尖锐性与精确性。

　　这封信里提到的关于《红楼梦》研究的一个新奇怪的观点，并不是我提出的，我只不过是在一篇文章里引用，并表达了一番感慨罢了。在曹雪芹笔下，王夫人抄检大观园的起因，是傻大姐在大观园里的山石上拣到了一个绣春囊，所谓绣春囊就是绣有色情图画的香袋儿，富贵家庭的小姐按礼是绝不应拥有的，就是个别丫头行为不轨得到了，也该藏在身上不令旁人看到。在曹雪芹笔下，后来有个情节，就是从二小姐迎春丫头司棋的箱子里，搜出了她表哥给她的一封情书，里面提到了香袋，这应该是司棋拥有绣春囊的一个证据，但毕竟曹雪芹并没有很明确地交代出绣春囊究竟是何人不慎遗落到山石上的，因此后来就有研究者提出多种猜测，清末有位徐仅叟，他就发表了一番惊世骇俗的见解，认为那绣春囊是薛宝钗收藏的。燕祥兄写这封信前大概正看完我发表在报纸副刊上的相关文章，因此即兴提起，他并不认为绣春囊为薛宝钗所藏的说法荒唐，反而觉得"事出有因"、"启人思路"，我觉得他并非是在参与红学研讨，而是多年来阅世察人有所悟，深知人性的深奥莫测，世上就有那么一种表面上温良恭俭，而内里藏奸的人，也许就在你的身边，不可不知，不可不防。

　　燕祥兄几年前动了手术，心脏搭了四个桥。预后良好。现在他仍坚持每天按预定步数散步。我曾为《文汇报》撰写过《宗璞大姐噉饭图》《维熙老哥乒乓图》《李黎小妹饮酒图》，都是随文附图，一直想再写一篇《燕祥仁兄计步图》，成文不难，难的是如何画出他腰别计步器散步的那悠闲淡定的神态？前些时跟他通电话，他告诉我耳朵开始有些失聪了。在流逝的岁月里，有多少值得记忆的声音积淀在了他的心底里？相信还会化作诗句，以有形无形的乐音，浸润到读者的心灵。

　　燕祥兄从 1990 年 4 月到 1991 年 6 月,写成了组诗《五十弦》,
前面题记里用了曹雪芹的话:"忽忆及当年/所有之女子……"可
知是一组情诗,或者其中许多首都是献给过去、现在、未来岁月
里,他始终深爱的谢文秀的。不过我读来却往往产生出超越男女
爱情的思绪。其中第二首:

　　　　曾经　少年时
　　　　全部不知珍惜
　　　　一次回眸　一次凝睇
　　　　一阵沉默　一次笑语
　　　　一回欢聚　一回别离
　　　　当时说成是插曲

　　　　人生如歌
　　　　随早潮晚潮退去
　　　　最值得追忆的
　　　　是再也听不到的插曲
　　　　被风声吹散的断句
　　　　被星光点亮的秘密
　　　　还有渐行渐远的
　　　　被春雪融尽了的足迹

　　我已过了童年、少年、青年、中年,进入老年。我懂得珍惜生
命中小小的插曲,即如那年在琉璃厂,燕祥兄迎面骑车而来,见到

我亲热地唤我一声"心武"。他可能早忘怀了,我却仍回味着这小小的插曲。他现在在电话里仍然用同样的语气唤我"心武"。在共同旅游中他应该是看到我许多的缺点,他仍不拒弃我,总是尽量给我好的建议,对我释放善意,包容我。就有那么一位他的同代人,也跟他一样有过"沉船"的遭遇,后来我在《十月》也是积极地去约稿,后来也在一口锅里吃饭,二婚的时候我还为他画了一幅水彩画,他见了我故意叫我"大作家",我那时也没听出其中的意味,后来,他竟指控我"不爱国",甚至诬我要"叛逃",若不是大形势未向他预期的那样发展,他怕是要将我送进班房,或戴帽子下放了吧。人生中此种插曲,虽也"随早潮晚潮退去",许是我这人气性大吧,到如今,到底意难平。插曲比插曲,唯愿善曲多些恶曲少些。

　　人生的足迹,印在春雪上,融尽是必然的。但有一些路程,有些足迹,印在心灵里,却是永难泯灭的。于是想起来,我和燕祥兄,曾一起走过,长长的路,走到那头,又回到这头,那一次,他腰里没别计步器。

2011 年 4 月 15 日　温榆斋

好一趟六合拳

1

我 1986 年 4 月,离开北京市文联,到中国作家协会《人民文学》杂志,先担任常务副主编,后担任主编。上任后,我给不少作家写信约稿。所约请赐稿的作家老、中、青都有,他们几乎都很快给我复信。其中山西省老作家马烽的回信如下:

刘心武同志:

信悉。祝贺你任《人民文学》常务副主编。对一个作家来说,创作上不可能不受影响,但为了整个文学事业,总得有些人做出一点牺牲,感谢你的牺牲精神。

我现在已是秋后的蚂蚱,蹦不起来了。心有余而力不足。创作上不会有多大出息了。如果今后碰运气能写出篇把值得寄给《人民文学》的短篇来,当寄出求教。

西戎、孙谦等同志处已告知。

敬礼!

马烽

四月廿五日

中国作家协会山西分会

刘心武同志：

祝贺你任《人民文学》常务副主
编。对一个作家来说，领导上不可能不受影响，
但为了整个文学事业，总得有些人做出一
点牺牲，我谢你的牺牲精神。

我现在已是秋后的蚂蚱，蹦不了几天了。心
有余而力不足。到任上不会有多大意思了。如
果今后磁宝气能写篇把值得寄给《人民
文学》的短篇来，当寄未教。

再我，孙谦甘同志如已告知。

敬礼

马烽 四月廿五

没曾想从郊区朋友送回的纸箱子里，搜检出一封曾任中国作协最高领导马烽的来信，却使我回想起关于中国作协一位最基层的司机的种种往事。

　　随着回信，也有一些作家寄来了稿子，我都交嘱编辑要认真阅读、安排刊发。

　　我从一个普通的写作者，一下子成为这样一家刊物的负责人，自知必须兢兢业业。为了使编辑部的同仁熟悉我，同时我也熟悉他们，以便精诚合作，上任前我挨家拜访。有的家里已安装电话，约定时间去自然两下里都方便，有的家里那时尚无电话，只好临时敲门试试。绝大多数同仁都对我热情接待，交谈甚欢。也遇到冷淡的。杂志社一位司机佟玉坤，住三元桥附近的一栋楼里，他家无电话，我去敲门，门里明明有动静，却半天不开门。想是我去的时间不合适，自知冒昧，便欲抽身，单元门却忽然大开，一个雄壮的身影逆光横在门框里，问我道："你找谁？"我说出他的名字，他又问："你是谁？"我说出我的名字，想来他是知道我即将上任，却又问："你来干什么？"我说："来看看你，以后我们要一起工作，希望能彼此熟悉起来。"他这才把我让进屋里。原来他在屋里正自制一扇防盗的铁门，尚未完工。

　　经过一段磨合，我跟编辑部的同仁大体上都熟悉了，感觉那时候编辑部是团结的，彼此相处是愉快的。那年秋天编辑部在山东办业余作者讲习班，借用济南郊区仲宫的一个部队招待所，我是开班后过几天一个人去的，下了火车却无人来接，急中生智，找到《大众日报》社副刊部，自报姓名身份，蒙他们帮助，派车送往了仲宫，原来是负责接我的编辑部人士记错了火车班次，我笑责他几句，也就撂开。晚饭后散步，我偶然遇到佟玉坤在小树林边练拳，才知他习武术，于是攀谈起来。渐渐的，佟玉坤不再对我冷淡，后来他接替老杨师傅开车接送我上下班及参加各种活动，我们更热络起来。

2

　　我给马烽写约稿信，马烽给我礼节性回复，这跟佟玉坤有什么关系？

　　马烽应该始终不清楚佟玉坤，佟玉坤后来却必定清楚马烽。

　　但是，还是要再说说佟玉坤的事儿。他出身贫寒，父亲病了十几年终于去世，母亲由他赡养。他三十多岁还没娶上媳妇。后来有人给他介绍了在服装厂当熨衣工的刘秀兰，他告诉我，"对"了几次"象"后，双方感觉都行，一次再见面，他就拿出一只花多时积蓄买的上海牌手表，那时候市价大概在六十元左右，送给刘秀兰作为定亲礼，刘秀兰有句话让他心里暖和了许久："我嫁你为的不是东西，是你这个人。"佟玉坤给我讲述那情景时胸脯起伏明显，但我心里暗想，这种情景话语不知已在多少文艺作品中出现过已成滥觞，除了当事人，有谁还能为之动容呢？刘秀兰一家也是城市贫民，她下乡"插队"几年以后，"四人帮"倒台，上山下乡的"知识青年"掀起了"返城热潮"，刘秀兰所在的村子里的其他"知青"全都办妥手续返城了，她却被生生卡住，陷于绝望，熬了很久才终于允许办手续回到城里，待业不算久，分配到服装厂当工人。刘秀兰把自己的情况道出后，问佟玉坤："我这么个人，你要么？"佟玉坤第一次搂住了一个女人，对她说："你要我，我要你。"

　　婚后一年多他们生下一个女儿，我到杂志社时他女儿已经快上小学了。佟玉坤本希望生个儿子。单位里有人跟我反映，说他拒绝领独生子女证，说明他对计划生育政策有抵触情绪，我笑一

笑不作指示。我到他家做客,觉得他老母亲身体硬朗,妻子刘秀
兰大方勤快,女儿活泼可爱,是个美满的家庭。他管女儿叫"儿
子","子"以重浊音喷出,我几次想提醒他将女儿当儿子来养,不
利其成长期中的性别身份认同,今后或许会派生出麻烦,但是,那
毕竟是他自家的事情,也就始终没有就此插嘴。

　　我们每个人的生命,其实都有卑微的一面,就是必定镶嵌在
一个时期的大的社会政治经济格局中,无论趁势而兴,还是遇潮
而退,概莫能免。那时许多国有的和集体所有制的企业开始改
组、合资,对于一般工人来说,其实就是倒闭、裁撤。一天佟玉坤
跟我说,刘秀兰他们那服装厂濒临倒闭,再说她年纪大了再提拎
不动大熨斗,上班的距离也太远,现在咱们杂志社所在的文联大
楼正缺电梯工,能不能把刘秀兰调来开电梯呢? 我听了觉得是件
与人方便的事儿,何乐而不为? 就做主将刘秀兰调来,作为勤杂
工,编制在杂志社,工作则是参与文联大楼电梯班工作,那时她心
情舒畅,每当在一楼接纳登梯的人士,总乐呵呵地招呼:"您好!"

　　后来,我刚从常务副主编转成主编,就发生了"舌苔事件"。
这事件,当事者迷,旁观者清,还有待今后的文学史达人来揭橥分
析。事发后一些文学界人士对我避而远之,想来也合情合理,趋
利避害,我亦有之。但是佟玉坤突然宣布,他要在他家搞个"派
对"——他学过一阵英语,竟将此词付诸实现——我是主客,谁想
参与,各随其便。那晚去了好几位年轻的同仁,佟玉坤让刘秀兰
准备了丰富的冷热菜肴,他自己购来整箱啤酒,还有多瓶白酒,大
家在他家那间大屋里痛饮狂聊,他的母亲、妻女只好集中到隔壁
小屋里呆着。那晚大家都喝醉了,我醉得最厉害,以至于几位凌

晨才爬起来的编辑跟趔趄道别后，还动弹不得，直到天光大亮，才从迷离恍惚中返回现实世界。那一刻我才注意到，在那屋子一角，挂着一个金质奖牌，被窗外射进的阳光激进出耀眼的金线，我问："那是什么？"佟玉坤告诉我，那是他1981年请假到太原参加全国武术锦标赛，以六合拳赢得第一名的斩获。我原来只知道他是个业余武术爱好者，没想到他是正儿八经的全国武术冠军。后来他把其打小拜师习武的经历细讲给我听，他拜的可是六合拳的掌门人张国森师傅啊。

佟玉坤针对"舌苔事件"跟我说："就是把你撤了，开除了，也别担心，有我哩，我有一碗饭，半碗就是你的。"我真的很感动。戏曲舞台上的那种讲义气的壮士，活脱脱就在现实生活中我的眼前。

3

但是"舌苔事件"并没有导致我的撤职。那年秋天我被通知恢复原职，并获准到美国访问近两个月。从美国回来的那天，佟玉坤开车到天竺机场接我，还有另两位杂志社同仁，大家都很高兴。但是车子开在返城的路上时，忽然发出异响，佟玉坤忙将车停靠路边，一检查，原来是一只车轮的中心罩脱落飞走，夜色苍茫中，无法深入路边草丛中寻觅了。知道并非大事故后，我笑笑说："介于石，不终日，贞吉。"那时候我开始读《易》，才知道蒋介石的名字来源于《易》，而且又在北京恭王府花园，在小山的条石上看到这句卦辞，可见晚清的恭亲王奕䜣的自我感觉，也是常被夹在两块石头里，好在到头来这种"夹板之苦"还是被消解掉，因此还算幸运儿。

那时佟玉坤开的那辆小轿车是早期的日本丰田原装车,那种车型现在似乎绝迹了,它的后视镜不在窗边而在车身前灯上方,它的四个轱辘轮胎里面的那部分全有密封的装饰性圆罩,实际上那种样式在我乘坐时期已经非常古典,几天后佟玉坤来对我说:"到处配不到轱辘罩,现在四个轱辘缺一个罩,从旁看去破相。"我说:"那就把其余三个轱辘罩也卸下来,不就全一样,顺眼了吗?"他却忧心忡忡地说:"怕不是好兆头。我担心你还有一劫。"我责怪他:"你又来了。我最烦你迷信。"佟玉坤信风水,信八字,信天象示警,当然更信气功,信隔山推牛之类的法力。人各有信,其奈他何。

我的下一劫难未到,佟玉坤自己的劫难来了。刘秀兰病了。在我因"舌苔事件"被停职检查期间,她开电梯的工作被中止了,后来可能打扫过一段楼道卫生,再后来就在家病休,只领取很少的基本工资,我因自己烦恼甚多很长时间没有关注过刘秀兰,直到从美国回来,车轱辘罩子飞掉一个,又过了若干天,才听佟玉坤说,刘秀兰情况不妙。

4

后来,中国作家协会改组。马烽从山西来履新,任党组书记。

那天马烽和党组副书记玛拉沁夫约我去作协机关谈话,内容是免去我的杂志主编职务。

佟玉坤那天和往常一样,为我开车。我照例坐在副驾驶座上,对他说:"这是你最后一次给我开车了。"他很生气地回答:"为什么？就不许我自己买辆车，开给你坐？"千不该万不该那骨节眼上我脱口而出一句深深伤害了他的话："你买得起？"他脸色铁青。

据说为了跟我谈这次话，"二马"很做了一番准备，怕的是我恋栈"跳起来"，为此玛拉沁夫将我 1986 年 8 月所写的《片叶冥思录》，其中他觉得属于"自由化"甚至"反动"的句子段落划出重点，如果我敢"跳"，他就当场将我那些言论揭示出来。我的这篇文章 1993 年收录在了华艺出版社出版的《刘心武文集》中，感兴趣的读者可以去查阅，这里不"自首"了。

那天很大的办公室里，只有马烽和玛拉二人等着我。马烽宣布免去我《人民文学》主编的职务，玛拉紧张地注视着我，以应对我"跳"。

我却淡淡地说："这主编原本就不是我自己谋求的，是中国作家协会把我从北京市文联调过来的，其间我几次推辞过。现在免掉我职务，换上你们认为合适的人选，很好。"

我不但没"跳"，还欣然接受，一定出乎他们的意料。我感觉马烽的表情是如释重负，而玛拉有些愕然。

他们本来可能预计要谈比较长的时间，没想到两句话我就自动弃权了。

这时候马烽就说："你也不是都搞自由化嘛，你也给我写过约稿信嘛！"他一定也就想起，他给我回过信，如本文开头所引。

印象里，马烽是个淳朴的人，他其实并不适宜搞政治。而那时的作协改组具有强烈的政治意味。他是被"拉郎配"，给强安到那个敏感位置上的。我在"二马"无话可说的时候，也不便抽身就走，于是没话找话地说："也许，柯岩来当主编吧，她合适。"按说他

L·X·W

推开抑郁的闸门，放自己到宽阔光明处去

们不该接我这个话茬,尤其不应该跟我这样的"戴罪之身"泄露他们那派之间的歧见,马烽竟很憨厚地跟我说:"如果让柯岩来当,那也用不着把你换掉了。"这话事后让我琢磨了好久。果然,没多久马烽就"不堪重任",抱病回山西休养,那几年中国作协实际上的"一把手"就成了玛拉沁夫。马烽于2004年病逝于山西太原,享年八十二岁,是位因参与创建"山药蛋"文学流派而在中国新文学发展进程中留下明显痕迹的作家。

等候在办公室外面的佟玉坤没想到,大约二十分钟不到,我就谈完话出来了。我坐到车里副驾驶座上,他说:"没听到里头出高声啊。"我说:"为什么要嚷? 我心平气和地下台了,现在你送我回家。"他说:"你现在就回家? 便宜的你!"他开车驶出作协的那个院子,朝我意想不到的方向驶去。

车子驶到故宫东华门外的筒子河边。佟玉坤对我说:"我要练一套六合拳给你看。把1981年在太原得金牌的那个套路,又精雕细刻了一番,保你喜欢。"我跟他一起下了车。筒子河边,微风拂动绿柳,燕子在紫禁城墙堞间呢喃飞舞,当时河边车少人稀,佟玉坤立定,深呼吸,先做了几下准备动作,然后告诉我:"五秒后开始。"五秒也不知怎么过去的,绿柳下,他忽然化作一只苍鹰,展翅旋转,翻飞腾跃,忽缓忽疾,刚柔相济,一气呵成,戛然而止。完成了一套六合拳,他收势立定,我也不知鼓掌,也忘了喝彩,只痴痴地望着他,心里的感动,无法形容,哎,不形容也罢!

5

不久新主编到任了。实行聘任制。有的编辑和职工,因这样那样的原因,没被聘任,可以自己另找单位,也可以只领基本工资不用上班。有人给我打电话知会情况,说想不通为什么某某不聘?我不在其位,不谋其政,不发表意见,而且表示连这样的消息以后也不必告知我。我准备过好自己"挂起来"的赋闲生活。

然而还是有人给我打来电话,说还是要告诉你一个新闻。就是在编辑部的会议上,与会的都是被聘下的,佟玉坤却提出来,虽然聘他,他却不受聘,宁愿回家呆着,只领取基本工资。他妻子刘秀兰那时候就在家只领取基本工资,他再也只领取基本工资,那时候他们两个人的基本工资加起来大约八百多元,上有老下有小,日子怎么过?打电话的人对我说:"佟师傅还不是为了你!"怎么是为了我?放下电话,我坐着思忖半天。义气这个讲究,早成社会绝响了,就是相关的戏曲剧目,也绝少在台上出现了。但是佟玉坤显然是为了我而拒绝给新主编开车。这何必呢?

我去佟玉坤家。他家装着那扇四年前我见他正制作的防盗门。其实那年头定做防盗门已经形成风气,也没有多贵,但为勤俭度日,他能自己解决问题就绝不"浪费"。他开门迎进我,我发现他正在屋里桌上摊开米袋,晾晒整袋大米,他说买整袋的可以比零买省好几块钱,我说你放久了必生米虫,何必呢?他就说只剔出极少的黑色虫子去,那些白色的肉虫没关系,都是高蛋白,吃了一样有营养。我还没问他不应聘的事,他先开了口:"听说我不应聘啦?别那么想。跟你没关系。跟谁当主编也没关系。"聊了一阵,留我吃饭,那时刘秀兰在医院住院治疗,他说他能炒出比刘秀兰更可口的菜,我说:"我可不愿意吃肉虫。"他说:"好。咱们再别一个桌上吃饭!"我说:"偏还要一个桌上吃饭!我今天请你外头吃!"拉着他就走,他光着膀子,忙抻过圆领衫往身上套,我去那边屋跟他母亲说:"玉坤跟我出去喝酒吃饭,他带菜带饭回来,那时候孩子也下学了,你们一起吃!"我和佟玉坤在他家附近一家饭庄,点了一大桌菜,喝酒畅谈,我们的交情,更上一层楼。

我赋闲期间写了不少小说,长篇小说《风过耳》里,我以佟玉坤为原型,塑造出一个仲哥的形象。

佟玉坤虽然不承认他是为了我而拒绝新主编聘用的,我心里却总觉得是我陷他家于清贫,他又绝不接受我的现金资助,怎么办呢?恰好一位美籍华人,在北京任一家美国大企业的总裁,他也是位作家,我们有机缘结识,我就问他那里缺不缺司机,他说正好有一个司机的职位,我就推荐佟玉坤去。面试后,双方都满意,于是佟玉坤就有了份新工作。而原来杂志社的基本工资和医疗等待遇还都继续享受,那家美企跟他正式签约,月薪 2 000 元,加班还有补助,这在二十年前是很不错的了。从此佟玉坤经济上不那么拮据了,但他的消费习惯仍是那么古朴。有人知道了我给佟玉坤另谋工作的事情后,猜测道:"佟师傅不知怎么感谢刘心武呢!"但从那时到他六十多岁与美企不再续约,虽然我们常见面,他从未跟我道过一声谢,我实在也不需要他道谢。

6

大约十二三年前,一天佟玉坤忽然打电话让我去他家,说有事情要跟我说。我去了,他告诉我,作协又在分房子,他已经申请了,将迁到城东南劲松附近的新楼去,答应分给他的虽然还是两居室,面积大了许多,也有了像样的厅。我听了对他说:"应该搬过去。不过，以后我就再不能到你家了。你是知道我的，你说你是倔脾气，其实我有时候比你还倔。那楼里住了若干我不愿照脸的人。我不喜欢的人，和不喜欢我的人，最好永远不要照面。"他默然。

佟玉坤从三元桥迁走后，我们的联系频率锐减。有时候我从三元桥那里经过，望见他曾住过的那栋楼，丝丝缕缕的感伤就旋起于心头。

2001年，有个法国来的小伙子，想学武术，我就介绍佟玉坤教他。但我只是把他们双方约到劲松那边的餐馆认识，然后他们约时间在附近绿地进行教和学，也避免进入佟玉坤住的那栋楼。那法国小伙子现在是柏林欧盟机构的雇员，提起佟师傅来，仍是佩服到五体投地的口气。

又过了几年，一晚佟师傅来电话告诉我："刘秀兰去世了。"我听到这消息好久不能平静。我不记得接听电话时是怎么安慰佟玉坤的。

尽管来往联系越来越淡，心里头，我是一直怀念佟玉坤的。2009年，遇上杂志社的一位老员工，我顺便问起佟玉坤，她说："你怎么不知道？他去世了！"原来是在那年单位的例行体检时，医生发现他肛门里长了个东西，来回检查的结论是直肠癌，住院切除后，化疗，放疗，先脱光头发，再整个人脱形，由此不治而亡。

佟玉坤的母亲在迁出三元桥前已经去世。他的女儿有三十上下了吧，我祝福她能享有安全、健康、快乐的生活。

没曾想从郊区朋友送回的纸箱子里，搜检出一封曾任中国作协最高领导马烽的来信，却使我回想起关于中国作协一位最基层的司机的种种往事。

那年,佟玉坤在故宫筒子河边单为我打的那趟六合拳,多么精彩啊!值得以文字记录下来,不是吗?

2011 年 5 月 28 日　温榆斋

斧凿音响，熊熊火光

1

那一年我十四岁，还在上中学，是一个狂妄的文学爱好者，并不以为自己只该阅读《中国少年报》《少年文艺》，我订阅着《文艺报》《人民文学》，大摇大摆地给各处投稿。但是若遇到打动我的文字，对那作家作品，我是谦卑的，感谢他或她不仅滋润了我的心灵，也教会我如何写作。记得那年暑假，我在《人民文学》杂志上读到了孙犁的中篇小说《铁木前传》，那开篇的文字就吸住了我："在人们的童年里，什么事物，留下的印象最深刻？……在谁家院里，叮叮当当的斧凿声音，吸引了他们……让那可爱的斧凿声音，响到墙外来吧，让那熊熊的火光，永远在眼前闪烁吧……"记得我是倚在家里床上的高枕，一口气把全篇读完的，作者在篇末又以这样的文字与开篇呼应："童年啊，你的整个经历，毫无疑问，像航行在春水涨满的河流里的一只小船，回忆起来，人们的心情永远是畅快活泼的。然而，在你那鼓胀的白帆上，就没有经过风雨冲击的痕迹？或是你那昂奋前进的船头，就没有遇到过逆流礁石的阻碍吗？有关你的回忆，就像你的负载一样，有时是轻松的，有时也是沉重的啊！……"我理解，这并非是一篇儿童文学作品，所谓"童年"，有超越年龄界定的宽泛含义，这样的作品这样的文风，给予我一种浓酽的命运感。我打那时候就特别喜欢这种小资情调，叶圣陶有篇作品《潘先生在难中》，把小资在社会动荡中内心的惶惑描摹得活灵活现，我受小资家庭影响，特理解那种在大时代里感到自身脆弱的情怀。那时读苏联作家的作品，比如盖达尔的《鼓手的命运》，那是儿童文学作品，写一个少先队员受坏人裹挟的一段辛酸经历，最后获救，记得小说末尾写到城市的万家灯火，写到那孩子悬想，那个他并不认识的看门人（可能是这样的身份，记不清了），是否也有个女朋友呢？就那么两句，也令我动容。盖达尔在卫国战争中从军牺牲，但名气算是比较大吧，另有一本苏联小说《永远在一起》，是写卫国战争中一群远东贝加尔湖畔的中学生参战的故事，作者奥·哈夫金似始终未成名，但他写的那些远东偏远地区的小生命的喜乐忧伤，竟也让我心旌摇曳。

在读《铁木前传》以前，我并未读过孙犁其他作品。到1959年，我才读了他的《白洋淀纪事》和《风云初记》，他写的都是革命故事，小资应该是革命的争取对象吧，孙犁把革命写得有人情味，我读了后就想，如果革命果真是让人们更加真诚、善良，而且包容一些有缺陷有弱点的生命，构建一个更合理的社会，那真应该投入进去。

2

1977年年底我在《人民文学》杂志发表了短篇小说《班主任》，

引出轰动，1978 年我参与《十月》的创刊工作，得以在约稿中接触到一些前辈作家，1980 年我被北京市文联吸收为专业作家，于是给心仪已久的孙犁写去了求教的信，他很快给我回信：

心武同志：

十月二十日惠函奉悉。刊物亦收到。《江城》我也有，当时见到你的文章，曾函托绍棠同志，代致感谢之意，想已转达。

你的作品，除《班主任》外，还看过一些（去年《上海文学》登有一篇以业余作者访问你为题材的小说，我也看过，恕我忘记了题目）。我以为都是写得很好的。但先有概念，然后组织文章的说法，我不太赞同。等我看过《十月》及《新港》所登的，再和你讨论。我以为，风格是每人各异的，所谓艺术性，也不是划一的。每人有每人的起点，只能沿着起点前进，不必改变自己的基本东西。另约稿太多，也可适当推辞一些，我觉得你们的负荷太重，也于艺术不利。以上只是臆测之词，比较详细的意见，等我看过那两篇作品，再写信给你。我读书很慢，但读得比较认真，时间如果拖得长了，请你谅解。

我身体不好，今年又加上时常晕眩，已经不能从事认真的创作，所写杂文，有时兴之所至，也没有什么分寸，好在一些同志能够宽宏对待，还没有出什么大娄子。不过，以后就是写这种文章，也要慎重了。

你怎么不到天津来玩玩？

专此祝

撰安

孙犁

1980 年 10 月 27 日

　　信中提到的《江城》杂志上,有篇我以书信体写成的文章,里面讲到我对《铁木前传》的喜爱,特别是其中小满儿这个艺术形象的塑造,令我惊叹,有着文学启蒙的作用。《上海文学》所刊登的短篇小说是《这里有黄金》。我请他对我《十月》上刊发的《如意》和《新港》上刊发的《写在不谢的花瓣上》加以指正。后来他认真地看了,并且具体入微地进行了点评。

　　"你怎么不到天津玩玩?"这句话很打动我。我真的很想去天津拜见他。大约在 1981 年,恰巧林斤澜、刘绍棠、从维熙他们要去天津看望孙犁,我就要求他们把我带上。记得在车站集合时,我说自己此行是去"朝圣",刘绍棠大为感动,感叹道:"这话怎么说的,朝圣啊!"刘绍棠、从维熙、房树民上世纪 50 年代都师法孙犁,和冉淮舟等被称为"荷花淀派"作家;林大哥的小说虽然并无"荷花淀"气息,但那种特立独行的边缘写作姿态,与孙犁是相通的。那回随林大哥他们到了天津,孙犁在家中接待,他那时住在报社宿舍大院的平房里,房间不算小,格局却很不适宜待客,记得他准备了一桌茶果,大家围桌漫谈。从 1956 年十四岁景仰他,到 1981 年我三十九岁算是见到了真佛。那次的会面,于我而言,是终身难忘的。

　　1986 年我中止了专业作家身份,从北京市文联调到中国作协《人民文学》杂志先担任常务副主编,副主编崔道怡是杂志社资深人士，我那篇《班主任》投去后他及时回信加以肯定告诉我已往上报，后来才得以发表；他对前辈作家都比较熟，工作经验丰富，他建议和我一起先往天津约稿，于是我第二次在孙犁家里见到了孙犁，那时他虽然身体不大好，仍表示愿支持我们杂志，我们回京不久，他就寄来一篇风格依旧独特的新散文，我们非常高兴，立即安排刊发。但是，那期杂志上同时也刊发了其他天津名作家的作品，编排时，从目录上看，孙犁作品排第一，翻开杂志看，头一篇却是另外作家的文章。为此孙犁很不满意，他写出短文，发表在《人民日报》副刊，对于杂志这种"平衡术"很不以为然，语含讥讽。虽然每期杂志的选稿、编排大都由其他轮值副主编担纲，我只在大样出来后审读，但目录与内文顺序的不统一，我看大样后并无异议，导致敏感的孙犁见后不满，是有责任的。我见了孙犁在《人民日报》的短文后，也写了一篇短文，意在为杂志社辩护，寄给了当时《人民日报》副刊的负责人袁鹰，希望也予发表，后来袁鹰劝我算了，也就风吹无痕。但这次与我所尊崇的孙犁发生龃龉，终究是桩遗憾的事。我本拟找机会再去天津拜望当面致谦，解释杂志社的苦衷，但1987年以后大形势的发展已经不给我这样的机会。2002年，我六十岁时，得悉孙犁谢世消息，于是，十四岁时捧读《铁木前传》时的那种激动，又涌回心头。

　　这些年，我不断重读孙犁，积累了不少心得，现在录在下面，供感兴趣的人士参考。

3

　　孙犁是嵌在特定历史时期的作家，但他的作品不因历史的新进程而显得乏味,犹如窖藏老酒,越品越香。

在《白洋淀纪事》里,我特别喜欢他那篇《吴召儿》。孙犁的短篇作品,给我的感觉,文体上是小说、报告文学、散文、随笔、散文诗熔为一炉的,《吴召儿》的文本最具这一"文武昆乱不挡"的特色。

孙犁的叙事大多带有自传性,他总是从自己投身抗日救国洪流的具体历程中的某一环节出发,写出他个人记忆里那些难以忘怀的人与事。从个人记忆出发,而不是充当全知全能的革命宣传者、以历史判决者的口气来叙事,这就使得他写下的文本对读者而言具有亲和力。我的青春期正镶嵌在一个越来越狂热的将文学完全纳入宣传的浪潮里,因此,读孙犁的作品,就有一种得以暂时从狂热与宣传中脱逸出来,嗅入文学真气息的舒畅感。

《吴召儿》和《白洋淀纪事》里其他篇什一样,没有宏大叙事,没有顶天立地的英雄人物,他只是勾勒出了那个时代一个普通的农村姑娘,将自己那活泼泼的生命,自觉地奉献于抗日救亡的民族伟业中。作品中的"我"应该就是孙犁本人,一度是民校识字班的教员,有一次他点名让吴召儿念书,吴召儿念得非常熟快动听,那认真的态度和声音,"不知怎的一下子就印进了我的记忆,下课回来,走过那条小河,我听见了只有在阜平才能听见的那紧张激动的水流的声响,听到在这山草衰白柿叶霜红的山地,还没有飞走的一只黄鹂的叫唤。"在孙犁的个人记忆里,他珍视那些草根生命与其生长的自然环境的契合性,他捕捉到那些一枣一瓜的小镜头,精心地记录下来。鬼子搞"扫荡",抗日力量反"扫荡","我"担任了一支游击小组的组长,吴召儿被村长指派为这个小组的向导，她竟穿了件显眼的红棉袄跑来，在带领这个小组往神仙山埋伏的过程里，吴召儿一路吃山上的野红枣，望见前头树上挂着大红枣，"她飞起一块石头，那颗枣儿就落在前面地上了"。吴召儿带领这个小组攀登到神仙山顶峰，"钻过了扁豆架、倭瓜棚"，到了她姑家，她让姑煮倭瓜给他们吃，自己主动"从炕头上抱下一个大的来"，又"抓过把刀来把瓜剖开"，说："留着这瓜子炒着吃。"第二天，真是一寸山河一寸心啊，孙犁写到："这里种着像炕一样大的一块玉蜀黍，像锅台那样大的一块土豆，周围是扁豆，十几棵倭瓜蔓……在这样少见阳光、阴湿寒冷的地方，庄稼长得那样青翠，那样坚实。玉蜀黍很高，扁豆角又绿又大，绿得发黑，像说梅花调用的铁响板。"而就在这天下午，传来了日寇要实行搜山的消息。一日，敌人进逼，吴召儿从容应战，"我"提醒她"红棉袄不行啊"，她就将那棉袄反穿，棉袄里子是白的，但活像"一只聪明的、热情的、勇敢的小白山羊……她蹬在乱石尖上跳跃着前进，那翻在里面的红棉袄，还不断被风吹卷，像从她的身上撒出的一朵朵的火花，落在她的身后。"

搞政治的人士，热衷于立场路线；重经济的人士，看重财富排行；讲究娱乐的人士，只求花样翻新……他们往往使得评判的标准单一、绝对。但有志于搞真正的文学艺术创作的，应该最忌讳单一、绝对。记得大约1962年左右，那时候一部根据回忆录改编的电影《革命家庭》投入拍摄，但受到很大压力，因为影片里有地下党在上海街头搞"飞行集会"的镜头，从路线上说，那是左倾机会主义的产物，导致了白区共产党组织的重大损失，写党史要予以否定，但文学艺术对之怎么办？夏衍就表达了一个看法，意思是路线错误由党的高层负责，但底下的党员那样勇敢行动，仍是可歌可泣的，因此被敌人杀害的，仍应尊为烈士。我认同夏衍的观点。写作者不必为组织为群体去记忆，他笔下的文字应该是充分个人化的，一个大时代，固然有巨厦长桥，但一瓜一枣的细微存在，也是值得记录的。再读孙犁，愈加佩服他将个性融注进诗化的文本，从侧面、从细微处为时代剪影的功力。

4

不清楚孙犁究竟受到曹雪芹的《红楼梦》多大多深影响，只觉得他和曹雪芹一样，下笔多在女性上聚焦，《白洋淀纪事》里的短篇有许多篇干脆以女性名字命名，中篇小说《铁木前传》里"铁"方的九儿比"木"方的四儿着笔多，也更富心灵深度，更不消说还斜刺里杀出个小满儿，抢足了戏份，令读者回味无穷；长篇小说《风云初记》也是女性角色当家。

值得注意的是，孙犁常在作品里以复数来描摹女性。按说写小说这可是险笔，然而孙犁处理得极好，以至这些段落读来不亚于对作品中女主人公的刻画，摇曳多姿，形象鲜活。比如他那最著名的《荷花淀》，水生媳妇是女主角，听水生说第二天就要上前线，正编苇席的她"手指震动了一下，想是叫苇眉子划破了手，她把一个手指放在嘴里吮了一下"，但不动声色，保持着平静，以温柔的方式支持丈夫去参加可能会牺牲掉的战斗。全篇对水生媳妇刻画的成功处也无非这么一处。但是，他以复数描绘的白洋淀民兵媳妇，却不断跳脱出生动的细节。他写道："女人们到底有些藕断丝连，过了两天，四个青年妇女集在水生家里，大家商量：'听说他们还在这里没走。我不拖尾巴，可是忘了一件衣裳。''我有句要紧的话得和他说说。'……'我本来不想去，可是俺婆婆非叫俺去看看他，有什么看头啊！'于是这几个女人偷偷坐在一只小船上，划到对面马庄去了。"小说后面维系着这样的写法，在写到她们遭遇鬼子的大船，拼力躲进荷花淀，意外发现她们的男人们埋伏在那里面，勇敢地将敌寇击败，并将战利品抛进她们的小船，之后，"几个青年妇女划着她们的小船赶紧回家，一个个像落水鸡似的，一路走着，因过于刺激和兴奋，她们又说笑起来……'你看他们那个横样子，见了我们爱搭理不搭理的！''啊，好像我们给他们丢了什么人似的。'……'刚当上兵就小看我们，过二年，更把我们看得一钱不值了，谁比谁落后多少呢！'"这些混在复数里描写的女性，并不比那刻意点明是水生的媳妇的女主角逊色。

《铁木前传》里写六儿"个儿适中，脸皮儿很白，脾气儿又好，他在街上成了姑娘们十分喜欢的对象。"六儿的女人缘，孙犁是通过"姑娘们"的复数群像来展现的，十分生动："夜晚，村里只有他有一筒手电，在街上一晃一晃的，姑娘们嬉笑着围着他：'看你，六儿，照坏了我的眼！''来，六儿，给我拿拿！'在雨天，他有一双钱牌胶鞋，故意穿上去串门儿，谁家的姑娘好看，谁家庭院里积的雨水深，他就特别到谁家去。那家的姑娘在窗户眼儿里看见他进来，就赶紧爬下炕来说：'六儿，你来得正好，快脱下来给我穿穿，我正要到茅房里去！'……"六儿跟姑娘们讨好，说会替她们进城去买那样的胶鞋，姑娘们表示要先把钱给他，"不用。"六儿说，"买回来，再说吧。"然后孙犁以一句集合性交代结束这段情节："等到买回来，姑娘们只称赞他买的货色好，尺寸合适，就再也不提钱的事了。"

很显然，这样的写法，就超越了笼罩于作品的意识形态，《荷花淀》里"藕断丝连"的女人们，不只是具有抗日情怀，她们对配偶的依恋，化为了主动性的追求，而与六儿套近乎的那些村姑的表现，无关阶级成分，更无关合作化运动，都只体现出普遍人性中的善美与弱点。考虑到孙犁所处的写作年代与环境，那时候主题先行越演越烈，小说中的人物往红黑两极推演，就是写点"弯弯绕"之类的中间角色，也只是为了演绎阶级斗争的"复杂性"而非探究人性的诡谲，因之，他的小说的柔曼笔调，笔下人物的多彩谱系，以及通过复数叙事来勾勒普遍人性的尝试，实在是弥足珍贵。

以复数来写女性，曹雪芹的《红楼梦》第二十九回有极好的示范，他写贾母带领荣国府众女眷去清虚观打醮，在府门外"乌压压的站了一街的车，贾母等已经坐轿去了多远，这门前尚未坐完车。这个说'我不同你在一处。'那个说'你压了我们奶奶的包袱。'那边车上又说'蹭了我的花儿。'这边又说'碰断了我的扇子。'咭咭呱呱，笑声不绝……"他写出了贵族家庭盛时出行的气派，也从中使读者意会到即使是那样的贵族府第，众女眷特别是婆子丫头们，平日也是难得出二门迈大门的，因此兴奋到那样的程度。向曹雪芹学习，从《红楼梦》偷艺，是二百多年来许多中国作家的自觉行为，孙犁是否也如是？构成一个学术课题。

5

茅盾曾指出，孙犁是用散文的笔法来写小说，比如他在长篇小说《风云初记》里，用了近千字，来从容地写瓜棚上一朵黄花如何静静地绽放。《铁木前传》的笔法则更上层楼，是用诗的意蕴来进行叙事。《铁木前传》完成于1956年初夏，可归入"反映农业合作化"的题材范畴，那时候一大批作家去写这一题材，光长篇小说就出了不少，但耐读的不多，长篇小说里也就柳青的《创业史》算得有较长的生命力，中篇小说里，则《铁木前传》到如今读起来仍觉麦香满纸。

《铁木前传》也有主题先行的痕迹。比如"铁"代表坚定，小说里的铁匠傅老刚和他的女儿九儿，是合作化运动的积极力量，"刚"有"刚强"之意，"九"谐"久"有"永不动摇"之意，这对父女写得相当真实可信，然而其生命的纯粹性，会让读者觉得有些高不可攀。"木"则意味着"可凿可变"，小说里的木匠黎老东和他的儿子六儿，则成为合作化运动的消极存在与争夺对象，这对落后父子写得活灵活现，其生命的混浊性，却并不会消弭读者对他们报以包容的微笑。

但是，《铁木前传》获得长久审美价值，我以为，还是他写到了"铁"与"木"之外的，诡谲的生命现象，那就是小满儿。小满儿在作品中占据不小篇幅。犹如曹雪芹不写王熙凤绝不甘心，孙犁不写小满儿难以自许。

刻画出小满儿这么一个无法贴标签，绝对是概念之外的活脱脱的生命现象，在孙犁来说，真是一次艺术冒险。这个作品刊发不久，就有大的政治冲击波袭来，连写出了《在田野上，前进！》那样放声讴歌农业合作化运动的长篇小说的秦兆阳，仅仅因为发表了让现实主义的概念更包容更展拓的意见，也就划入了敌人行列，其实秦在自己的小说里还来不及将现实众生中的暧昧存在刻画出来。孙犁虽未在理论上"冒泡",笔下却已经活跳出了一个将现实主义展拓开的小满儿形象,属于"社会主义现实主义"中的一条"可疑之鱼",亏得那时候的"金棍子"可能因为需扫荡的"尘埃"甚多,其"火眼金睛"未及瞄到孙犁这个"角落",《铁木前传》总算有惊无险,起码在1966年夏天以前,还属于虽不推荐,却可以喜爱者自赏的一个边缘作品。

　　小满儿这个艺术形象,应该在孙犁的心中孕育很久,一直在等待时机将其拎出。孙犁的《白洋淀纪事》1958年初版,1962年再版时,他在附记里说:"这次增加《张秋阁》等六篇……《张秋阁》一篇,是从旧稿中检出,这显然是一个断片,不知为什么过去我把它抛掷,现在却对它发生了一种强烈的感情,这也许是对于这样一个女孩子的回忆,现在越来越感觉珍重了吧。"1947年春写成的《张秋阁》,写一位张姓女子在得知其兄牺牲的消息后,忍住个人悲痛继续为革命奔忙,这类的故事在《白洋淀纪事》里屡见不鲜,然而,作者却非常原生态地写道,张秋阁"顺路到郭忠的小店里去……郭忠的老婆是个歪材。她原是街上一个赌棍的女儿,在旧年月,她父亲在街上开设一座大宝局……这个女孩子起了个名字叫大器。她从小在那个场合里长大,应酬人是第一,守家过日子顶差……"这个郭家小店"成了村里游手好闲的人们的聚处,整天价人满座满,说东道西,拉拉唱唱。"张秋阁去郭家小店,是为了动员大器的闺女大妮跟她一起给抗属家送粪肥。

　　在篇幅很短的《张秋阁》里,孙犁不忘写到纯净的张秋阁与混浊的大器家来往。这样的生命现象在《铁木前传》里被放大了,他写到黎六儿和村里一家懒人合伙卖牛肉包子,那合伙人黎大傻的

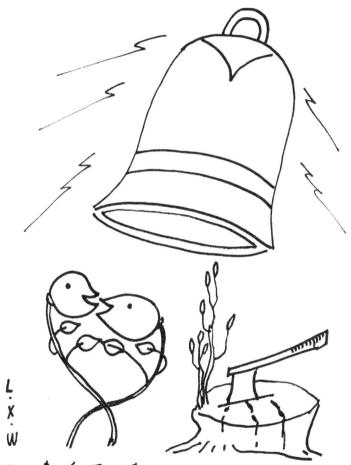

在钟声中爱，便在钟声中恨，人应当在钟声中获得救赎

老婆奇丑无比,却有个娘家妹子来帮忙,就是小满儿,"一年比一年出脱得好看,走动起来,真像招展的花枝",她引得满村男青年围观,她勾引六儿,跑到住在姐夫家的干部跟前显示出其生命的神秘,那干部"望着这位青年女人,在这样夜深人静,男女相处,普通人会引为重大嫌疑的时候,她的脸上的表情是纯洁的,眼睛是天真的,在她身上看不出一点儿邪恶。他想:了解一个人是困难的,至少现在,他就不能完全猜出这位女人的心情。"这个细节被画家张德育以油画表现出来,成为孙犁书里最抢眼的插图。很显然,小满儿这个艺术形象,大器即使不是唯一的原型,也必是原型之一。

孙犁承认"了解一个人是困难的",在他的素材积累里,纯净的生命与混浊的生命具有同等的认识价值,而对后一种生命的探究,其实更是文学家不争的使命。

6

在孙犁留下的作品中,写于 1950 年 1 月的《秋千》似乎很少有人注意。他写的是农村工作组负责划成分的过程里,一个叫大绢的女孩子,她本来是跟一群贫下中农的姑娘共同成长的,小说里特别有意味地写到她们一起到集上卖线,要求买方要么照单全收要么一份别买,卖出好价钱后,她们买一色的红布做棉裤,"好像穿制服一样",在上冬学时,她们挤坐到一条长板凳上,"使得那条板凳不得安闲,一会儿翘起这头,一会儿翘起那头,她们却哧哧地笑。"

但是,大绢却突然遭遇到了生命中的重大危机。有一个男青年刘二壮，并非出于私愤，而是根据当时公布的划分阶级成分的切割线，向工作组告发，指称大绢的爷爷曾开买卖，雇工剥削。那时政策的切割刀锋，从时间段上规定在"事变前三年到六年"，就是说，倘若在1931年至1937年间，大绢家有那种情况，她家的成分就要划为富农或地主，她也就成了阶级敌人的后代。听到揭发的工作组李同志，觉得坐在她面前的大绢立刻发生了变化："好像有两盏灯刹地熄灭了，好像在天空流走了两颗星星"，大绢"连头发根都涨红了"。几天后李同志再见到大绢，"好像比平时矮了一头，浑身满脸要哭的样子"。其实，就算大绢的爷爷剥削过人，大绢也应无罪。但是，在那样的时空里，一个小生命的悲欢，就深重地系于他或她家里长辈的成分，他或她若家里成分不好，则构成其不可逭逃的"原罪"，必定备尝歧视艰辛，若苟活下来，要等至1978年后进入改革开放时期，才能终于被赦免，小说里的大绢到1980年的时候，应该是四十五岁左右。

　　小说里的工作组工作是认真细致的，划定阶级成分，别的先不说，事关大绢这样的活泼泼的个体生命的生死歌哭，岂能草草了事？经过调查研究，也允许大绢自辩，"工作组学习了1933年两个文件，读了任弼时同志的报告"，我虽然已经是个年届七十的读者了，却对"1933年两个文件"和"任弼时同志的报告"懵懵然，不过却从作者的笔触里能够意会到，那应该是共产党文件里和共产党领导人里，所制定的比较具有弹性的政策与比较柔和的声音，工作组采信了关于大绢爷爷在"事变"前就家道败落，而且"事变"中更遭日寇纵火沦为赤贫的说法，弹性处理，使大绢家的成分"软着陆"，没有划到剥削阶级一边，大绢因此也就仍能和那群贫农姑娘一起嬉戏。

孙犁在小说结尾安排了大绢和喜格儿等"阶级姐妹"一起荡秋千的情节。"她们争先跳上去,弓着腰用力一蹦,几下就能和大横梁取个平齐,在天空的红色云彩下面,两条红裤子翻上飞下,秋千吱呀作响,她们嬉笑着送走晚饭前这一刻时光。"

对比于产生于同时代的《太阳照在桑干河上》里面所着意刻画的贫农斗争地主时,一片将其打死的怒吼那样的描写——那更是真实的——孙犁的这个短篇非常怪异。他偏来写另类的真实。他写到临界切割中最平凡最渺小的生命的悲欢。重读这个作品,不禁悬想,小说里的人物,那以后又会遭遇到什么呢?那个李同志,也许十几年后会被扣上"走资派"的帽子惨遭批斗,而包庇大绢家使其成为"漏网地主"可能就是其罪状之一,大绢呢,则很可能不得不在社会秋千的大摆荡中延续她的惊恐与企盼……不过这些想象都可以推翻,有一桩事实却是无法抹去的,就是写出这篇作品的十七年之后,孙犁本人被指斥为"修正主义分子"而被批斗。

孙犁了不起。他置身在红色的时空里,他对红色是真诚皈依的,却始终在红浪里保持着一颗富有柔情的心。他知道社会变革往往无法避免对人群的切割,不是这一方按这样的标准下刀,就是那一方按那样的标准用刀,而处在临界位置附近的生命,对他们的"误切",许多以社会变革大义为怀的达人是忽略不计的,孙犁作为一个具有人类大关怀大悲悯的作家,却十分敏感,以他的淡墨写意,触动着我们的心灵,使我们憬悟,确实存在着一种超越现实政治、社会、经济、文化功利的,笼罩于全人类的,至高的原则，而文学的切入点，就应该落笔于此。

7

《白洋淀纪事》是孙犁主要的作品集，1958 年 1 月由中国青年出版社出版，1962 年 1 月再版，1966 年下半年至 1976 年年底前，孙犁和他那个时代的绝大多数作家一样，人被批斗，作品禁印，到 1978 年 1 月，《白洋淀纪事》才又重版，作者写下极简短的后记："此次重版，又校正一些错字，主要在书的后半部。增加一篇《女保管》。此外，遵照编辑部的建议，抽去《钟》《懒马的故事》《一别十年同口镇》共三篇。"

考察一位作家及其作品，需有"史"的眼光。作家作品是"史"的见证，"史"的进程又是作家的机缘或劫数。孙犁在 1978 年写下的这个不到六十个字的《重版后记》，最后一句用的是"史笔"。以他个人一贯"敝帚自珍"的性格，既然重版，只有增加篇什之权，断无"抽去三篇"之理，但是，那时出版社给你重版此书，有"落实政策"之意，作者当然首先要感激，不过，那次的"落实政策"，显然并不彻底，留下了小尾巴，实际上等于说，你孙犁的作品绝大多数是革命的、健康的，但至少有三篇，属于不够健康、不大得体，因此，建议"抽去"。那时出版社编辑部这样建议，从他们那方面来说，完全出于好心。但是就作者而言，抽文如同割肉，心里是难过的。孙犁特别在后记里申明抽去那三篇是"遵照编辑部建议"，既真诚，又无奈。

抽去的三篇作品，《懒马的故事》是篇小小说，全文分三节，却并不足一千字。写了一位大名马兰实际可称"懒马"的好吃懒做妇女,用一双制作粗糙得根本不能穿的鞋,交上去算是支援抗日,结果那双鞋没有任何战士要,只好让母耗子当作了下崽窝。这篇作品值得探究。作为革命阵营里的文学,从很早开始,就提倡写正面人物、英雄模范。这种写法发展到上世纪60年代,已造成题材的狭窄、文学人物画廊的单调,那时就有邵荃麟站出来,提出文学可以写中间人物,谁知劈头盖脸挨了猛批,被指认为"修正主义主张",那以后文学就只能以讴歌"高大全"的英雄人物为其唯一通道了。1978年1月"四人帮"虽然倒台,他们对"写中间人物论"等"黑八论"的批判余威尚在——所谓"黑八论"的其余几论大约是:"写真实论"、"现实主义广阔的路论"、"现实主义深化论"、"反题材决定论"、"反火药味论"、"时代精神汇合论"、"离经叛道论"——《懒马的故事》放在这样的坐标系里看,即使不算"毒草",也属于"不健康"的作品,所写的那位最后因一句激怒她的话而上吊的妇女,连"中间人物"都够不上,活脱脱是个落后人物,作家写她干什么呢?既写了,就该抛弃,收进集子又为哪般?编辑部建议抽去,在当时的普遍认知环境里,是顺理成章的。我们统观孙犁的作品,在他笔下,正面的、健康的妇女形象林林总总,令读者目不暇接,但是,孙犁不放弃对其他各类生命现象的观察、描摹,从"懒马"到大器到小满儿……这正是孙犁与人类其他各族群里的杰出作家相通之处。

　　抽去的另一篇《一别十年同口镇》写于1947年5月,是篇散文。所写的是作者所感受到的十年间同口镇的变化。这篇散文在《白洋淀纪事》初版里虽然收入,结尾却被无奈地改动。2000年三版时抽掉的三篇全数回归,《一别十年同口镇》的结尾也恢复了原始面貌。当年为什么先硬改结尾，后干脆抽掉？原结尾的那段文字便成了我们研究中国新文学进程的宝贵个案。孙犁原发时写的是："进步了的富农，则在尽力转变着生活方式，陈乔同志的父亲、母亲、妹妹在昼夜不息地卷着纸烟，还自己成立了一个烟社，有了牌号，我吸了几口，确实不错。他家没有劳动力，卖出了一块地，干起这个营生，生活很是富裕。我想这种家庭生活的进步，很可告慰我那在远方工作的友人。"作家以平实的文字真实地记录下见闻，抒发出自己真实的感情，究竟犯了什么天条？现在当然憬悟，孙犁当时的思想感情，是对新民主主义的认同与揄扬。新民主主义，现在回过头来看，不是很适合中国国情么？

　　当下的写作者，多有讲究"接轨"的，与市场接轨，与网络接轨，与动漫接轨，与各种文学奖项接轨，与西方文学潮流接轨……这些接轨，我以为都无可厚非，但是，再读孙犁，就觉得他那一辈作家里，像他那样，与真实的生命存在接轨，与真实的大地呼吸接轨，与内心真实的感受接轨，最后，无形中也就与人类总体文明接上了轨，其遗产，到今天，于我们后来人，仍有启迪作用。

8

　　1978 年 1 月重版《白洋淀纪事》时"遵照编辑部建议"抽去的三篇作品里，有篇幅颇长的小说《钟》。这篇在《白洋淀纪事》集子里非常出彩的小说，为什么编辑部那时候建议抽掉？他们的顾虑是什么？

　　孙犁 1956 年初夏完成《铁木前传》后，就抱病挂笔了。我们再也看不到《铁木后传》。身体有病，是实际情况，但面对阶级斗争的弦越绷越紧，写作的路子越来越窄，心里是否也不舒服？可以想见。到 1966 年夏天以后，好几年里，除了极个别的作家作品尚能孤零零地幸存，人们在相当长的时间里，文艺生活只能是看"革命样板戏"。"样板戏"开始是八个，后来陆续有所增添。到"文革"后三年，形势稍有松动，开始允许在江青直接指导审查之外，按"样板戏"的创作原则写小说、拍电影、排舞台剧，涌现出不少作品，因此，那种"文化大革命里只有八个样板戏一个作家"的说法，因为是"极而言之"，就并不精确，需要有人对"文革"后期的文学艺术创作作一番客观、理性的梳理。现在有一种倾向，拿文学史来说，往往把"文革"说成"一片空白"，或者单把《虹南作战史》那种极端化背离文学本性、扼杀写作个性的"集体创作"，作为彻底否定那一阶段所有文学事实的依据，我以为都非实事求是。"文革"后期的某些小说、电影，内容上还是有一定认识价值，艺术上也非一概粗糙卑陋，那时的文艺政策有罪，但只是因为喜欢写作而写出能以通过审查出版作品的普通作者，则是无辜的。

　　江青亲自挂帅抓出的"样板戏"，也是一个复杂的文化现象，不可简单评说。但"样板戏"里不许表现爱情，甚至回避婚姻、夫妻关系，则是不争的事实。《红灯记》里的一家三代并无血缘关系，李奶奶是寡妇，铁梅尚小不谙情事还说得通，李玉和毫无个人情爱生活，真净化得可以。《沙家浜》里有沙奶奶无沙爷爷，有阿庆嫂出场却无阿庆身影，郭建光似无家室。《红色娘子军》在原来的电影里还多少有点男女主角的朦胧情爱，到芭蕾舞和京剧样板戏里被筛汰得干干净净。《白毛女》原歌剧和电影里，喜儿和大春都分明是一对"有情人终成眷属"的角色，到芭蕾舞样板戏里二人完全成了无性别意识的革命战友关系。《龙江颂》里的女主角不出现丈夫，虽然其住处门楣上有"光荣军属"标志，也大可理解为其父在部队里。《海港》里的女书记更是无丈夫无家室的纯粹的革命载体……

1976年10月"四人帮"倒台，1978年1月出版社为孙犁重印《白洋淀纪事》，编辑部审阅到《钟》，心生顾虑，建议作者忍痛"抽去"，可以理解。《钟》写的恰是一个爱情故事。《白洋淀纪事》里别的篇什也有写到情爱的，更不避讳夫妻关系，对比与"样板戏"的"净化"标准，编辑部对其余"涉爱"篇什全都容忍，已经是非常的思想解放。但是，《钟》所写的爱情，却发生在尼姑慧秀与革命战士大秋之间，更写到他们不仅两情相悦，还写到他们发生性关系，导致慧秀怀孕，那真是一个凄婉的爱情故事，慧秀在老尼和汉奸的双重迫害下，在庵里生下一个男婴，那刚呱呱落地的小生命，却被汉奸狠心地抛到庵外苇坑里……就在那一夜，庵里响起怪异的钟声，"钟发出了嗡嗡的要碎裂一样的吼叫，大地震动起来，风声却被淹没了"……这篇小说在孙犁所有的作品里，戏剧性最强，建议有兴趣的人士将其改编拍摄为影视剧，故事经过一番跌宕，最后大秋娶了慧秀，结局还是喜气满盈的。

遥想1978年，那年十月，我在《十月》创刊号上发表了短篇小说《爱情的位置》，竟引出了极大的轰动，光是这篇小说招来的读者来信，就有好几千封。爱情在文学中的位置，竟需要用这样的方式来恢复，是时代、民族、社会的喜剧还是悲剧？其实，再远不说，就以1949年前后的出自革命阵营作家之手的小说而言，写爱情，甚至写到性爱，写得好的，为数并不少，孙犁的《钟》就是其中之一。文学之河奔流至今,按结构主义的说法,写作再自由,出版再开放,风格再多元,其实都是在一些基本的母题里转悠:理想与颓废,信仰与怀疑,革命与守旧,忠实与背叛,救赎与逍遥,爱与死,暴力与性,原始生命力与文明推演,宗族与权力,恶之花与脏之美,变形与拼贴⋯⋯

　　一度消失的钟声,又鸣响起来。全本原貌的《白洋淀纪事》2010 年第四版已是第 12 次印刷,累计印数达到 283 000 册,不算畅销书,却是那些只称雄一时的畅销书难以比肩的常销书。斧凿声依旧响亮,熊熊火光不熄。再读孙犁,心香缭绕。

2011 年 6 月 26 日　温榆斋

歌剧剧本《老舍之死》诞生记

1

北京东四牌楼北边的钱粮胡同,是我度过少年时代的空间。1950年,父母带着我和姐姐,住进钱粮胡同海关总署的宿舍大院,记得父亲告诉我和姐姐:"这胡同,是当年旗人领'铁杆庄稼'的地方。"所谓"铁杆庄稼",就是不用劳作,按身份就可获得的钱粮。因为住在那么一条胡同里,断断续续的,听父母讲了些关于满清八旗的事情。满族八旗兵入关的时候,说好听点是生气勃勃,说难听点是杀气腾腾,不管怎么说,总而言之,在旗的人多是剽悍自傲的。但是,定都北京,按地面分驻以后,皇帝对八旗成员采取包养起来的政策,钱粮胡同就是他们每月领取不劳而获的粮食及零用银子制钱的地方,这样一代代传下去,就有很大一部分旗人,成了游手好闲之徒,到辛亥革命之后,失去"铁杆庄稼",又无一技之长,不少旗人只好变卖家产混日子,凡能变卖的全卖光了,就只好勉为其难地干苦力糊口,有的甚至沦为乞丐、冻饿而死。父亲说他青年时代所接触到的旗人,大多礼数周到、身体羸弱、怯懦自卑。不过父亲又一再对我们说,辛亥革命时,已经实现"五族共和",五族即汉满蒙回藏,既然咸与维新,五族之间应无争斗歧视,大家要平等和睦地共同促进国家富强,你们同学里不管哪一族的小朋友,大家都要一起好好学习、欢乐游戏。更何况,那时我和姐姐都转入附近学校插班,学校里飘扬着五星红旗,老师告诉我们中国的民族不止五个,有五十六个之多。但是在学校里,光看服装,大家几乎全一样,分不出谁是哪个民族。

　　姐姐大我八岁,她到附近什锦花园胡同的一所中学插班,我则到隆福寺小学插班。我们插班的时候,学校还是私立的,没过多久,北京市的所有学校就全收归国有了,我那小学没有改名,姐姐那所中学,改叫北京市女十一中。有天姐姐放学回来,跟父母说,他们班上有个同学,是满族的,这个同学叫舒济。母亲听成了"书记",颇感意外:"书记不是共产党干部里的领导吗?"经姐姐解释,才知道人家姓舒名济,因为是出生在济南,父亲这样给她取名。

　　又有一天,姐姐放学回来,宣布一条消息,就是舒济的父亲,是个作家,叫老舍,学校已经通过舒济,邀请老舍到校给同学们做报告,听完报告,要写作文的。父亲听了说:"原来她是老舍女儿啊! 老舍是大作家啊!"姐姐疑惑:"她爸爸姓老,她怎么姓舒呢? 赶明儿我要叫她老济啦!"母亲就笑说:"别胡闹! 她父亲原名舒舍予,老舍是笔名。咱们在重庆住的时候,有几年老舍一家也在重庆。老舍的小说写得可好啦,我就喜欢他写的《月牙儿》!"父亲说:"他最出色的恐怕还是《骆驼祥子》,只是你们还小,恐怕还不大适合来读。"听了这个话,我就千方百计找《骆驼祥子》,后来终于找到，背着父母读了，此是后话。

名作家到一所普通中学演讲，师生的兴奋可想而知。姐姐为把作文写好，"近水楼台先得月"，问了舒济好些问题，舒济只说："听我爸讲吧。"讲完那天，姐姐满面红光回到家里，大家问她："老舍讲得怎么样？"她说："当然好啦。写作文不成问题啦。只是……老舍怎么挂个拐棍呢？"原来在她想象里，大作家，名人，应该从身体容颜上就完美无缺，因此当真实的老舍出现，表现出腿脚不利落，竟令她大出意外。我和姐姐一样，也是经过许多生活阅历之后，才懂得任何生命都不可能完美，即使是会被青史记载的名人，也总是将自身的善美，裹挟着人性的弱点以及外貌的瑕疵，展示于特定的时空中。

姐姐在女十一中的初中学习结束，高中考的是河北北京中学，那所学校名气不小，师资一流，考取并不容易。舒济也考到那里，这样，姐姐就继续和舒济同学。她们学习成绩都很好，政治上也积极要求进步，都加入了青年团（那时候好像还叫新民主主义青年团，因此这里不简称"共青团"）。但是，那所中学虽然以北京命名，却隶属于河北省，学生高中毕业了，河北省倡导毕业生去河北师范专科学校入学，以快速提升河北省中学师资水平。这就引出了不少同学的思想斗争。姐姐那时就不想去上河北师专，那时候倒还没有多少"本科"、"大专"差异的考虑，姐姐因为看了一部苏联电影《幸福的生活》（原名《库班哥萨克》），想当女拖拉机手、农机工程师，发誓要为祖国的农业机械化贡献青春，就拒绝了被保送到河北师专，参加了全国统考，志愿填的清一色农业机械专业，最后被东北农学院农机系录取，她攻读四年毕业后，又在苏联专家指导下读了两年"拖拉机总体运用"的研究生。姐姐不去河北师专,在当时是被视为"个人主义"的表现。那一届犯"个人主义"毛病的不在少数,同班一位男生崔道怡,也拒绝被保送到河北师专,结果考取了北京大学中文系,毕业后分配到中国作家协会《人民文学》杂志当编辑,从普通编辑做起最后成为副主编。1977年夏末他收到一篇署名刘心武的自发来稿短篇小说《班主任》,读后上报,并给作者写信表态,后经当时杂志负责人张光年拍版,刊发于此年杂志第 11 期,那时崔道怡才知道,刘心武是他河北北京中学同班同学刘心莲的弟弟。

　　刘心莲、崔道怡当年不上河北师专的行为不足为训。但舒济却听组织的话,接受了保送到河北师专的安排,只上了一年就毕业,又无条件接受了组织分配,在北京以外工作。也曾有人议论过,以当时老舍的身份、名气,他的大女儿不去上只学一年的师专,不去外地工作,岂不是"一句话的事儿"?但很明显,老舍没跟任何领导去为舒济说一句通融的话。当然,他的儿子舒乙,那以后被派往苏联留学了,那也是当时组织上的安排,舒乙在苏联学的是将树木化为酒精的那么一种专业。老舍确实是一个忠心耿耿听共产党话、老老实实跟共产党走、兢兢业业歌颂共产党功德的人。

　　老舍 1949 年 12 月才从美国回到北京,1950 年就写出了话剧《龙须沟》,1951 年搬上舞台,1952 年拍成电影。我没看过《龙须沟》的舞台演出,但多次看过电影。少年时代看,关注点在喜欢小金鱼的小妞子身上,她陷进臭沟毙命,令我痛惜。青年时代看,懂得欣赏程疯子这个角色,这实际是个社会边缘人,弱者,但老舍从他身上挖掘出人性善美，超越意识形态，构成久远的审美价值。中年时看光盘，更加惊异"文革"老舍投湖自杀后，《北京日报》竟出一整版批判文章，狠批在剧里喊出"毛主席万岁"的《龙须沟》为大毒草。生命，从某种角度来看，是所处时空的人质。绑架你的力量要将你"撕票"，那就没有什么逻辑可循，或者可以任意编造"逻辑"；"文革"中有人被揪出打为"现行反革命"，是因为有人领呼"毛主席万万岁"的口号时，他旁边有人举报他喊成了"万岁"，从而将他揪出质问："为什么减少一万倍?!"其实他即使喊了"万万岁"也还可以用别的"逻辑"将他"打翻在地，再踏上一万只脚"（"80后"、"90后"注意：这是那十年里最常见的斗争用语）。

　　老舍剧作里的精品应属《茶馆》，1958年首演我就看了，如饮佳酿，醉中回味，有许多感慨却不能道出也不必道出。后来不知怎么的停演了。1963年，那时我已经在北京十三中任教，学校离中国京剧院所属的人民剧场很近，一日路过，忽然发现售票处在卖《茶馆》的票，一时以为是改为了京剧，过去询问，原来是北京人艺把话剧挪到这里来演，北京人艺自己的剧场则在演出反映"十三年"的歌颂性剧目。赶忙买了两张票，约当时在北京轻工业设计院的二哥一起来看。在人民剧场的这一版《茶馆》，跟过去版本比，有些改动，比如第二幕增加了学生在茶馆外游行，学生领袖站到茶馆门口板凳上激昂演讲的片断，当时也就理解，这剧里的三个主角恐怕都属于"中间人物"，全剧缺乏"亮色"，打点这样的"补丁"，可免"调子低沉"之嫌。那次在人民剧场的演出非常低调，报纸、杂志、广播、电视上都无报道评论，只演了几场，就偃旗息鼓。后来知道，1962年已经重提"千万不要忘记阶级斗争"，被称为"毛

主席的好学生"的上海市委书记柯庆施,已经提出来文艺创作要
"大写十三年"(即 1949 至 1962 年的新政权下的成绩),那时连起
初由周恩来总理亲自过问的电影《鲁迅传》也因非"十三年"里的
题材而停拍,"十三年"外的《茶馆》的演出,真有些个"偷偷摸摸"
的味道。

　　后来,1966 年夏天,就爆发了"文革",老舍不堪凌辱,投太平
湖自尽。

<h2 style="text-align:center">2</h2>

　　1986 年,是老舍投湖二十年祭。

　　真是"二十年河东,二十年河西"。1966 年,我还是一个在中
学里被吓傻了的年轻教师(那时被划归为"旧学校培养的学生"、
"修正主义教育路线的执行者"),1986 年,赶上了改革开放的好时
期,竟成为了全国重要的文学杂志《人民文学》的常务副主编。当
时《人民文学》杂志主编还是王蒙,他 1966 年的时候还窝在遥远
的伊犁农村,1986 年时却已是中共中央候补委员,并到文化部任
正部长,他几次到我家说服我,让我去接替他当主编,我终于答应
后,1986 年主持工作但不在杂志上印为主编,1987 年再在杂志上
以主编亮相。

　　我也算得"新官上任三把火",说好听了是"初生牛犊不怕
虎",说难听了是"鸡毛封蛋不自量力",想立刻让杂志呈现出一种
新锐的开拓性面貌,我将北岛的长诗《白日梦》刊发在显著版面;
将高行健的短篇小说《给我姥爷买鱼竿》作为头条推出;约刘绍棠
写来风味独特的中篇小说《红肚兜儿》;又竭力推出广东青年女作

家刘西鸿的短篇小说《你不可改变我》（当时她还是海关的工作人员）……我想到二十年前老舍的悲壮辞世，心潮难平，我知道约写相关的追怀散文不难，却刻意要组来关于老舍之死的小说。

我首先找到了汪曾祺。汪曾祺 1950 年到 1957 年左右曾在北京市文联老舍和赵树理联袂主编的《说说唱唱》当编辑，他当然熟悉老舍。1986 年的时候，人们已经淡忘汪曾祺是"样板戏"《沙家浜》剧本的执笔，他那时因连续发表出《受戒》《大淖纪事》等秉承沈从文风格的短篇小说而广被赞叹，他自己似乎也定位于小说家而非剧作家。我找到他的时候，他告诉我完成了京剧剧本《裘盛戎》，自己很得意，剧团却冷淡，根本没有排演的打算，"不如写小说，没那么多牵制"。我就告诉他我找他正是来约他的小说，但"有牵制，是命题作文"。他一听有点不快，我马上告诉他，今年是老舍辞世二十周年，《人民文学》无论如何要在今年夏秋祭悼一下，发点散文诗歌不难组稿，但我想请人写成小说，以小说形式来表现老舍之死，这样分量重一点，希望他无论如何支持一下。他听后眼睛发亮，表扬我说："你的想法很好。《人民文学》能发小说来纪念老舍，非同一般。你把这题目交给我，我责无旁贷。我应该写。老舍之死值得写成小说。"但是，他稍停顿了一下，却说："难。这个题目太难。"我说："您别打退堂鼓啊。我们等着您哩！"他终于答应"试一试"，又说："其实你们可以多发几篇。也不定要我写的。"

那时苏叔阳已经写成了多幕话剧《太平湖》，并由北京人艺搬上了舞台。我就又找到苏叔阳，跟他说："你既然话剧剧本都写了，再写篇小说有甚难的？"1978、1979 年间，我因短篇小说《班主任》,他因话剧《丹心谱》,成为引人瞩目的文艺新人,我们算是"同科出道",一度来往较多,也很能同气相求,他对我的约稿热情允诺,表示一定写篇关于老舍之死的小说,以飨读者。

那时舒乙已经调到中国作家协会任现代文学馆馆长,有次遇上,我就告诉他《人民文学》杂志打算以小说形式来表现他父亲的辞世以为祭悼,他听了很兴奋、很期待。

汪曾祺和苏叔阳的小说稿陆续到达编辑部,我们编发了,但反响不如预期。苏叔阳的话剧《太平湖》也未能成为一个保留剧目。

老舍之死,应该以艺术形式呈现,既有的作品不甚成功,那么,期待将来会有新的尝试吧。这个题材,成为我的一块"心病"。

3

1988 年,中国文联和中国作协合盖了一栋宿舍大楼,在安定门护城河边。我家搬了进去,舒乙一家搬了进去,他母亲胡絜青也搬了进去自住一个单元。舒济坚守在他们家的老四合院里,后来那里成了老舍故居博物馆,她就担当起馆长的职责。就我和舒乙而论,可谓君子之交淡如水,他没来过我住的单元,我也只去过他住的单元一次。但舒乙在我遭逢逆境时,能在一次关键的会议上,为我说上几句公道话,事后我听说了,很是感动。记得林斤澜大哥——他曾替老舍深入生活搜集素材——跟我说过,1960 年,丁玲虽然几年前被打成"反党分子"发配北大荒劳动改造,因为并未取消她作协理事的身份,召开作协理事会时,还让她来北京出席,那时候在会上会下,许多人对她如避瘟神,是连招呼也不打的，独有老舍，见到她，便走过去，大声招呼，蔼然对话。有种评议，说老舍是故意放大声量，好让旁边耳尖的人听清，他无非是问丁玲北大荒气候如何，身体如何，全然不涉政治，不过是"尽旗人的老礼儿"罢了。但敢问此类评议者，你们对身处逆境的人视而不见、弃若敝屣，"守革命者的立场"，若能坚持到底也就罢了，却见有的在人家运转势还以后，又争着趋前谄笑，那是在尽什么"礼儿"？

我和舒乙虽然来往不多，我们两家的来往却是密切的。

我的岳母姓赫，比姓舒姓胡更具满族特色。确实，她是西安满城里出来的。她和胡絜青年龄相近，两位老太太在楼下小花园里遇上，常要拉一阵家常，也许都是满族吧，互相认同度大，相谈甚欢。那时胡絜青身体已经开始衰退，有一回撩起衣服让我岳母看她身上的非正常斑纹，岳母回到我们家叹息，说恐怕是里面有了毛病。那几年春节，胡絜青会让保姆把她为我家专作的贺年字画送过来，我的助手鄂力看到就说，都是精品，很珍贵的。后来胡絜青老人仙去，我和妻子去慰问舒乙夫妇，只见社会上自发送来的悼念花篮花束，一直从地下室楼梯口堆到胡老住的二楼单元门口。

老舍与胡絜青的小女儿舒立，与我妻子吕晓歌年龄相近，她家当初就住在我们街对面的楼里，她们一见如故，成为闺中密友，后来舒立家搬得远了些，来往不那么方便了，但她们会互相打电话，"煲电话粥"。其实她们是两个病人，而且开头看起来，舒立的病更加严重，那病的名字我始终记不住，也问过她的哥嫂，说替她到处求医觅药，还是只能稳住而不能治愈。但舒立十分乐观，我曾以她为原型写下一篇小小说：

苏俐电话

电话铃响，我拿起听筒，里面是一种漱口般的声音，找我爱人。

自然又是苏俐，她每天必打电话来，一个电话，打得很长，爱人对她的来电，有时极为欢迎，有时接起来勉为其难；比如前些时电视里正播《唐明皇》，爱人就很盼她来电话，她们在电话里絮絮不休地议论头天所看到的几集，并对晚报上的那些小豆腐块的评论文章或不以为然，或竟耿耿于怀；当然，还有许多的议论，是创作者和评论家听见，一定会认为乃匪夷所思的，如她们慨叹，林芳兵固然不错，但何不请日本的山口百惠来演杨贵妃？因为小报上曾有花絮文章，说山口女士乃杨贵妃的后代……爱人有时正在做饭，苏俐也挂来电话，爱人提着锅铲去接，苏俐会申明："就一句话……"但其实也不是一句：她刚从广播里听来，有一种新型的灭蚊器，叫什么什么，看来我们都应该去买……爱人慌慌地应着，直怕锅里的油燃开；爱人放下电话，我和儿子就说："她怎么这样不懂事？像这时候就不该来电话！"但如果她还不懂事，如在我们正用餐时来电，我和儿子先接听了，我们也还是作不出请她"过一会儿再来"的决断，少不得把听筒递给我爱人："苏俐！"爱人便使劲咽下一口饭，且跟她对话。

苏俐是个病人，她年龄比爱人还小一点，不到五十岁，却得了一种怪病，据说是一只耳朵后面的血管出了问题，医生无法给予解决，只能采取保守疗法，这样她就成了一个有行为障碍的人，有一回我们在街上遇见她，是她爱人陪她去医院看病回来，她那情景儿，真让人惨不忍睹——她不是一般偏瘫病人那样，移动时吃力，需别人从旁搀扶，她可以独立行走，但她的一只胳膊，却不能抑制地要来回狂舞，这样她也就不能保持直线前进，需得爱人帮助她把握"航向"；她打来电话时总是强烈的漱口声，也就不奇怪了。

　　苏俐不是我们的亲戚，她也不是爱人的同学或同事，她住在我们那个楼区，算是邻居吧。我也没闹清苏俐怎么跟爱人熟识的，苏俐病后自然无法来串门，爱人也难得去登门看她，她们就是通电话，一天起码一回，有时好几回。

　　她们通话的内容，大半是关于猫的。我家养了两只猫，苏俐家养了一只。爱人自病退回家后，喂养这两只猫的精神头大了，严格相比，对我和儿子的"饲养"，还不如对它们那样精心。苏俐的爱人白天还要上班，晚上才回来，他临出门前，要为苏俐准备好中午饭，就放在苏俐坐席前的桌上，桌上有个电烤箱，苏俐到时候自己给饭菜加热。一般也就用那饭拨出一些喂猫，但另外也准备了进口的猫饼干——苏俐和爱人都是"清水衙门"里的科技人员，苏俐又遭了这么个怪病，经济上自然拮据，但听说在国贸大厦、燕莎中心一类的超级市场里卖二十几元一盒的美国"伟奇"牌猫饼干，苏俐便一定要爱人去买，每天除了与猫共享正餐，抓一点猫饼干给猫吃，是她极大的快乐，往往那也就是她打电话过来的时候。她和我爱人絮絮地在电话两边介绍各自那猫的身体状况、食欲，特别是种种憨态乃至于抓破打坏东西的"可爱过失"，不时咯咯发笑，若是哪家的猫蔫了病了，那就会互致慰问，还提出许多的建议——有的听来亦匪夷所思，如给猫灌白萝卜汁等等。

"苏俐她活着，有什么意思啊！"对儿子有时随口发出的这种残酷之论，我虽同爱人一起厉声将其喝退，心里却也不免酸楚。

苏俐却有滋有味地继续打电话来，最近的一次电话，是告诉我爱人："你说我多逗！今天我把碗掉地下了！我这手它连这点指挥都不听了！这不是闹无政府主义了吗？哈哈哈哈……"又说："还有逗哏的啦，我坐到窗前，看咱们外头的那条护城河，你猜怎么着，大夏天的我看见有人在河上溜冰哩……"原来，她的眼睛，已经复视到了如此地步——她把在岸上行走的人，看成在河里溜冰了！我们听了都为她悲哀，而她给我爱人来电话，却实实在在只是当作一桩趣闻！

今天中午我一个人在家吃"康师傅"方便面，她又来电话，我告诉她我爱人不在，她说："就一句话，我那块电子表，又走上了——昨天掉恭桶里，捡出来以为不能用了，没想到搁窗台上晾干了，它又好了……就这个事儿，她回来，你告诉她……"

她说话那漱口般的声音，更严重了，但为一块表的复活，充满了那样强烈的喜悦，没得说，这样一桩大事，爱人一到家，我便要对她郑重宣布！

记得王蒙看了我发表在报纸副刊上的这篇东西,通电话感慨道:"你哪儿来的素材啊! 这苏俐真乐观,一般人病成那样哪里还笑得出来!"我没告诉他苏俐其实就是舒立的白描,就让他以为我是向壁虚构的吧!

2009 年 4 月 22 日,我妻子去世了,几天后舒立来电话,我听到那熟悉的漱口音:"晓歌在不?"我只好告诉她,她停顿了一下,忽然既不结巴更无漱口音,对我说:"哎呀,这可怎么好啊! ……"我不记得她又怎么说,我又怎么应。逝者已去,生者继续在世道中跋涉吧。

2000 年我和妻子去了法国,住在巴黎朋友家,停留了颇长时间,还顺便访问游览了英国、意大利、瑞士等欧洲十一国,非常开心。巴黎确是艺术之都。在那里,我们经历了满城歌声乐曲的立夏日音乐节,也进剧场看了演出,其中高行健特意请我和晓歌去巴士底歌剧院观看了古典歌剧《诺尔玛》,这是一个很少演出的剧目,其雄浑悲壮的风格令我耳目一新。

在巴黎,有机会接触到若干法国方面和侨居那边的中国文艺界人士。作曲家许舒亚那时侨居巴黎,他爱人在巴士底歌剧院合唱队里唱女低音,有天他们邀我们夫妇去他家做客。他说起一件事,就是巴黎每年都举办秋季艺术节,他已经连续几年为那艺术节创作作品,最近的一个创作是舞剧《马可孛罗的眼泪》,演出后非常成功,因此,艺术节的主席,一位女士,就再跟他"订货",要求他为下一届的艺术节写个歌剧,而且是"命题作文",就是以"老舍之死"为表现内容。歌剧与舞剧的音乐创作又有区别,排演起来也更加麻烦,尤其是在法国演出歌剧《老舍之死》,用什么语言演唱？如果请中国演员来演，一般只能唱中文，法国观众听起来就困难，如果用法国演员来表演，唱法文，则又难以表达出中国风韵，而且，倘若用上合唱，则制作成本奇高，而艺术节为这样一个节目所能投入的资金，则是有限的。许夫人也特别强调，她们巴士底歌剧院排演《诺尔玛》，台上出现的群众演员（其实就是合唱队）最多时达到50余人，巴黎秋季艺术节资金支持的都是新锐的小制作，如果许舒亚揽这个活儿，势必要控制这出歌剧的规模，这就要求从脚本开始便"量体裁衣"。那天带我们夫妇去许家的定居法国的朋友，就鼓动我跟许舒亚合作，让我尝试着写个避免宏大场面便于演出的歌剧剧本《老舍之死》。倘是别的题材，我肯定一口回绝，但听说是《老舍之死》，我心动了。许舒亚听我的口气，是可以一试，很高兴。我们相约就此进一步沟通联系。

2001年许舒亚带着他的舞剧《马可孛罗的眼泪》来北京演出，在21世纪剧场仅献演一场，他送了我好几张票，我和助手鄂力及编辑朋友一起去看了，感觉他的曲风介乎古典与先锋之间，十分曼妙，而舞蹈者的诠释也十分贴切。我们约在中轴线的华北饭店大堂吧见面，我把已经拟就的歌剧剧本提纲给了他，讨论了一番。我觉得他似乎对我的剧本构想不怎么共鸣，但他还是鼓励我照自己的想法将其写出来。

2002年我写出了歌剧剧本《老舍之死》。我投给一家文学双月刊，被退稿。后来拿去给《香港文学》刊发了。散文家祝勇听到相关情况，觉得应该支持我的尝试，又拿去发表在他当时主编的《布老虎散文》丛书里，还特为我这个文本设置了一个栏目，叫《非散文》。但《布老虎散文》印数不多，流布不广，许多人还是不知道我写了这么一个歌剧剧本。

2004 年，许舒亚从傅光明编写的关于老舍之死的访谈录里，选取一些片断，谱写出了清唱剧《太平湖的记忆》，在荷兰阿姆斯特丹皇家音乐厅首演。法国虽然既没有演出许舒亚关于老舍题材的作品，也没有演出我写的《老舍之死》，但有关机构还是赞助了出版商，请汉学家将我的歌剧剧本译成了法文，出了单行本，在此年的巴黎书展上，和我另几种密集译为法文的作品《树与林同在》《护城河边的灰姑娘》《尘与汗》《人面鱼》《如意》等一齐亮相，我因此也又一次到了巴黎。

4

我的歌剧剧本究竟是怎么个面貌呢？展示如下，期望有方家批评指正。

老 舍 之 死

剧中时间：1966 年 8 月 24 日

剧中地点：太空・中国・北京・百花深处・太平湖

剧中人物：（以出场为序）：

骆驼祥子——老舍小说《骆驼祥子》中的人物。男，约三十岁。人力车夫。男中音。

月牙儿——老舍小说《月牙儿》中的人物。女，约二十岁。妓女。女高音。

萨满神婆——既能在太空也能在人间游走的善良巫女。女中音。

老舍——作家。男，六十八岁。男高音。

黑脚印——自称代表历史的巨人。男低音。

大字报——一头怪兽。男低音。可由扮演黑脚
　　　印的同一演员兼饰。

老舍之母——灵魂。呈现为青年少妇的面貌。女
　　　高音。

第一幕

从太空到地面·百花深处

天光大亮

骆驼祥子：[拉着人力车上]：心中感到不祥。大地上发生了什么事情？

[月牙儿从舞台另一侧上]

月牙儿：为什么一股刺鼻的气味蹿进了我的鼻孔？

[两人相见]

骆驼祥子、月牙儿：[面面相觑，同语]好生面熟。原来我们本是同根生。同一位作家创造出了我们。我们因此获得了永恒的生命，得以在太空中遨游。

[骆驼祥子请月牙儿上车，拉着她转悠，暂忘烦忧，十分快活]

[大地上传来不祥之声]

[萨满神婆上。她腰系一圈铜铃铛。手举一面长柄扁圆的拍鼓，紧张地拍击。]

萨满神婆：[回答骆驼祥子和月牙儿的询问]大地上，在中国，在北京，一些手臂上戴着红袖章的青年人正在毁灭古

迹文物,焚烧书籍。写你们的书全被搜出烧毁。而你们的创造者,作家老舍,他昨天被凌辱、拷打,现在,他已快要丧失继续活下去的力量,正朝城北走去。

骆驼祥子、月牙儿:求求您,救救他!

萨满神婆:我不是神,我没有控制生命诞生与陨灭的能力。

骆驼祥子、月牙儿:可是您能通神,您替我们求神吧!

[萨满神婆作法,竭力通神。骆驼祥子、月牙儿紧张地围着她舞蹈,希望能有神力显现。]

萨满神婆:[停下喘息,然后沮丧地宣布]神,死了!

骆驼祥子:怎么会?

月牙儿:我的心也碎了!

萨满神婆:我们必须振作。我们还要尽其所能。我腰上的这一圈铃铛,它们非同一般。

[骆驼祥子、月牙儿询问]

萨满神婆:这些铃铛里,有大约一半具有法力,能满足踢响它的人心中的愿望——死的愿望除外。注意,必须是把铃铛搁放到地下,而人在无意中踢响了它,才起作用。而我自己是不能解下铃铛搁放到地下的,必须由你们这样的,升入太空的艺术形象,从我腰上解下来,搁到地上,才能奏效。

骆驼祥子:啊,那太好了!我马上从您腰上摘一个铃铛,放在创造我们的作家老舍经过的路上——我想他一定会踢响它,而他摆脱痛苦的愿望,就会马上实现,那有多好啊!

萨满神婆:你不要轻举妄动!注意,为一个人,顶多只能摘三个铃铛。我已经说过,这些铃铛是很不一样的。有的铃铛具有法力,有的却不具备。

骆驼祥子: 啊,神仙保佑,让我抓住具有法力的铃铛吧!

月牙儿: 且慢! 你这样一个卤莽的人,如何能保证成功? 而且萨满女士已经告诉过我们,神,已经死了! 现在全得靠我们自己,靠我们的智慧……

骆驼祥子: 还有运气! 也许你比我有智慧,可是我坚信我比你有运气! 让我来摘第一只铃铛吧!

萨满神婆: 不要争执! 望大地上看吧,老舍,他已经走到北京北城的百花深处了!

月牙儿: 多么优美的地名! 那里有许多鲜花在怒放吗?

骆驼祥子: 我在那一带拉车的时候,那条小胡同就已经是光秃秃的了。

萨满神婆: 那是老舍母亲生下他的地方。我们快降落到他面前吧!

〔萨满神婆、骆驼祥子、月牙儿暂隐〕

〔老舍踉跄上〕

老舍: 我是谁? 是什么? 是牛鬼蛇神? 妖魔鬼怪? 敌人? 狗屎堆? ……

我在什么地方? 我怎么逃到这里来的? 啊,好熟悉……呀,让我想想……

这里有百花的香气,土茉莉、指甲花、玻璃翠、玉簪棒……你们单个儿都没什么气味,合起来可有多香啊……啊,还有蒸窝窝头的香味,有春饼卷鲜豆芽菜的气息,有月盛斋酱牛肉的清香……有蒿子灯那线香的甜味儿,有刚沏的香片茶的热腾气蹿鼻……

　　[传来粗暴的口号声]

　　啊,我究竟在哪里?我眼睛里全是血红的颜色,耳朵里全是狂暴的噪音,鼻子里没了日常生活的熟悉气息,全是没曾闻见过的腥气,我的舌头好像给绾了死结儿,我身上的伤痕阵阵刺痛……太阳明晃晃照着,我心里却黑黢黢……

　　[粗暴的声音更其强烈,如焦雷轰顶]

　　这里也不行,不能待……我还得逃、逃、逃……

　　人啊,我这人啊,一个可怜人啊,为什么活过了那么多日子,忽然赶上了这一劫?

　　心里乱麻堵,我有一肚子问题要问,问天,问地,问神,问人……

　　[萨满神婆、骆驼祥子、月牙儿从太空降下]

　　骆驼祥子、月牙儿:[迎向老舍] 老舍先生!我们是您创造的……您是我们的父亲,也是我们的母亲呀!

　　萨满神婆:他看不见你们,也听不见你们。除非他踢响了从我腰上摘下的铃铛,而他的愿望恰恰是想见到你们时,你们才能交流……

　　[骆驼祥子、月牙儿争着要从萨满神婆腰上摘铃铛;萨满神婆躲避,警告他们不要摘到没有法力的铃铛。骆驼祥子和月牙儿又害怕起来,互相推让;三个角色的这场戏成为一段舞蹈]

　　[骆驼祥子终于从萨满女神腰上摘下一只铃铛,搁放在

地下；他们都紧张地观察，看老舍是否会踢响那只铃铛；老舍踉跄前行，并没有踢到那只铃铛，三位来自太空的角色都很着急；最后骆驼祥子手握铃铛，匍匐地上，迎着老舍的脚步挨上去；老舍踢响了铃铛]

老舍：啊，我要问，要问，要问——

[铃铛猛地膨胀起来，最后成为一个黑衣巨人——黑脚印]

黑脚印：我是黑脚印。我代表历史。我是权威解释者。你这渺小的生命，你想问什么？

老舍：为什么把好人当成坏人？把善良视为罪恶？把顺从当成反叛？把弱小看成狰狞？又为什么把歌颂说成是诅咒？把赞成认作是反对？把虔诚当作是虚伪？把颤抖看成是反抗？

难道为了除掉那真正的敌人，就一定得把我这样的明明是朋友的人饶在里头，受这莫大的冤屈吗？难道我追随了那么多年，到今天就一钱不值，可以忽略不计，甚至成为负数了吗？我真的是愿意随着历史的脚步前进的呀，为什么非要把我放到脚跟里碾死？……

[太空里来的三位认真倾听，不时穿插进他们的反应]

黑脚印：历史威严地前进，扩展着地球的文明，但历史不断地留下黑色的脚印……

这20世纪刚刚过去一半，你们还没看清楚吗？我留下的那些大大小小的黑脚印……

[炮声，枪声]

以民族利益的名义，开战！

以革命的名义,枪毙!

[黑衣袍里抖出许多的纳粹符号]

以清洁种族的名义,消灭犹太人!

[黑衣后升起蘑菇云]

以胜利者的名义,爆炸原子弹!

[镣铐声声]

以纯洁社会的名义,建立古拉格群岛!

[黑衣袍里飘落许多的红袖章]

现在是以神圣而伟大的名义,扫荡一切牛鬼蛇神!

[狂笑]

在以后的岁月,你们还将经历更多的这一类事情!

为了消灭敌人,不可避免会伤及另外一些生命存在! 朋友? 为了取胜,交朋友只是手段,而为了神圣而伟大的目的,牺牲些朋友真算不得什么大事! 个体生命太渺小! 宏伟目标价值无限!

记住: 如果你被历史的脚后跟碾死,成为黑脚印的一个组成部分,那是活该!

这是铁的规律: 事实沉默在时间里,历史的脚步没有感情,为了目的没必要挑剔手段,个体生命只是历史巨脚下的蚂蚁!

老舍: 啊! 多么恐怖的回答!

在这巨大的黑脚印面前,难道我们弱者只能任其踩过去,难道我们善良人只能被忽略不计?

生命啊,悲苦!

歌剧
《老舍之死》
中 陕 满
　神 婆
　造型
L. X. W

弱者啊,悲惨!

善者啊,仰望苍天,苍天竟无言!

抛心泣血问,却只有这黑脚印来如此回答!

啊,还不如不问![晕倒在地]

[黑脚印隐去;萨满神婆、骆驼祥子、月牙儿在老舍身边悲哀地舞蹈,为他招魂]

第二幕
北京·通往太平湖的小路上
夕阳西下

[骆驼祥子、月牙儿上]

骆驼祥子: 我们一定要让老舍先生能看得见我们、听得见我们!

月牙儿: 是呀! 我们要一起安慰他。我们要告诉他,黑脚印的那些话绝不是真理。

骆驼祥子: 是的。宇宙里,没有比弱小的个体生命更值得尊重的东西了。伟大的事业只有在尊重每一个个体生命的前提下才是真正的伟大。

月牙儿: 老舍先生所创造出的我们,为什么能升入太空成为永恒? 不是因为我们伟大而虚妄,正是因为我们渺小而真实!

骆驼祥子: 他所创造的弱小而善良、平凡而朴实的小人物,还有许多许多。

月牙儿: 特别是在那个茶馆里面……

骆驼祥子: 要是我们能把他引到茶馆里,跟他创造的所有小人物欢聚一堂,他该多么高兴啊!

　　月牙儿: 那他一定会鼓起勇气活下去的!

　　[萨满神婆上]

　　萨满神婆: 人世的悲哀令我几乎站立不住了……

　　骆驼祥子: 您不能休息,我们还要从您腰上摘下铃铛。您能指点我们该摘哪一只铃铛吗?

　　月牙儿: 他现在心里一定想跟我们见面。这是他活下去的唯一理由了。您千万要让我们摘到有法力的铃铛。

　　萨满神婆: 哎呀呀,我的想法跟你们一样,但这腰上的铃铛我却不能预先看出它们究竟是有法力还是没法力。悲哀啊,宇宙中就总是这样——你甚至并不能对身上的事物作出准确的判断。来来来,你们谁来摘?

　　[三位起舞;骆驼祥子、月牙儿都欲摘而罢、欲罢不能;这段舞蹈节奏比较快]

　　[老舍上]

　　老舍: 这世界还有什么值得我眷顾?啊,想起了我的笔和从笔下走出的那些人物……如果我能跟他们汇合到一起,那该有多么好啊!就是只跟他们再聚一次,然后就永远永远地结束,沉入黑暗、灰飞烟灭,我也心甘情愿!

　　静下来,静下来,泣血的心啊,你要静下来……

　　算一算,尽管人世上有那么多喊着打我的声音,至少,从我笔下诞生的那些角色,包括那些我把他们当成有大毛病的人,甚至当成坏蛋的角色,他们总不会抛弃我吧?我要跟他们在一起,永远在一起!在那个特殊的世界里,没有黑脚印,有的只是最朴素的道理,属于弱者的,善者的,小人物的,胆小者的,谨谨慎慎过平凡日子的,我们的,一认到底的理儿啊! 啊,你们,你们在哪里?

骆驼祥子: 啊,他有跟我们会面的愿望! 让我们快些摘下有法力的铃铛吧! [但他犹豫起来]月牙儿,以你的智慧,去摘取吧!

月牙儿: [搓着手]我的心在剧烈颤抖,我一定要摘下有法力的铃铛!

[萨满神婆扭动腰肢,让月牙儿摘铃铛,两位都很紧张,生怕摘到没有法力的;构成一段慢节奏的双人舞;月牙儿终于摘下一个铃铛,放到地上]

老舍: [踢到了铃铛]啊,我看见了什么? 是我所想念的吗? [看见了,惊喜]呀,骆驼祥子! 呀,月牙儿! 可想煞我啰!

骆驼祥子、月牙儿: 老舍先生! 父亲! 母亲! 杰出的创造者! [三人拉手起舞]

老舍: 我流血的心不再那么疼痛,我身上鼓胀的伤痕不再那么刺烫,因为我你们出现在了我的眼前! 我知道你们是不会死去的生命,跟你们在一起我就有了希望! 啊,尽管天色已经迷茫,我心里却忽然亮堂,仿佛有盏长明灯在我心头燃亮!

骆驼祥子: 老舍先生,给您介绍一位新朋友!

月牙儿: 她对您存有无限的善意与关怀!

老舍: 谁? 谁? 在哪儿? 除了你们二位我再看不到别的

人呀！

萨满女神：［对骆驼祥子、月牙儿］这铃铛的法力只能让他看见他笔下所写出的人物，还有铃铛引出的角色，他是看不见我也听不见我的！你们尽情欢聚吧！［暂隐］

骆驼祥子：［对老舍］您应该看到更多的，由您创造出来的，获得了永恒的生命！

月牙儿：让铃铛显示法力，把我们带到您创造的茶馆里吧！在那里我们会有一个盛大的聚会！

老舍：啊，茶馆！有多少日子，我连想都不敢想它了！你们的话让我破裂的心跳得更加猛烈，啊，别担心，它是在高兴，每一跳动都仿佛使它的伤口在迅速愈合……啊，我的血把阵阵甜蜜传遍了我的全身，我身上的伤痕似乎也在迅速地平复……

骆驼祥子、月牙儿：［俯身对铃铛］老舍先生想去茶馆，你快显灵吧！

　　　　［舞台上出现一只像房屋那么大的中国茶壶，茶壶肚子上有扇双开门，门上写着"茶馆"字样］

骆驼祥子、月牙儿：［欢呼］多么神奇！多么美妙！

老舍：多么熟悉！多么亲切！

　　啊，弱者可以用生命体验创造出比生命更坚实的东西，

　　啊，善者能够让虚构的角色成为更加真实的生命！

　　一瞬间，我忘记了昨天到今天的那些狰狞场景、痛苦遭遇……驻足张望，我激动得迈不开脚步，骆驼祥子，月牙儿，你们先我一步迈进那高高的门槛，且莫惊动好久不见的王掌

柜……

　　[茶馆门内传出奇怪的喧哗声]

　　骆驼祥子：谁在里头打架？这是什么关口？打什么架呀？

　　月牙儿：[对里面喊]别闹啦！你们瞧瞧谁来啦！

　　[茶馆门被粗暴地踹开]

　　骆驼祥子：让我先进去看看！[进去，很快慌张地跑出来]了不得啦！

　　月牙儿：[扶住老舍]怎么啦？怎么啦？

　　骆驼祥子：里头给砸得稀巴烂，所有老舍先生写出来的人物都被批判斗争，凌辱得不像人的模样啦！

　　[从茶馆大门冲出一只怪兽，狰狞地怪舞]

　　骆驼祥子、月牙儿：[扶持、保护着老舍]您别怕，有我们啦！

　　大字报：我的大名叫大字报！别光从字面上理解我！我可厉害啦！从语言暴力到文字暴力到肢体暴力到心灵暴力，我的强暴谁可阻挡？我能把芝麻变成西瓜甚至大象，能鸡蛋里挑出骨头，能颠倒黑白、无中生有、指鹿为马、强词夺理、蛮不讲理、胡搅蛮缠……我能充分地调动仇恨！充分地调动嫉妒！充分地调动虐待的狂热与被虐的狂热！充分地调动人性中一切的邪恶而压抑人性中的所有善意与宽容！……哈哈哈……告诉你们吧，所有聚集在茶馆里那些角色，全都被打翻在地，踩在了脚下！你们……啊，认出来了，你们也不能逃过那样的命运！

骆驼祥子：告诉你，你要动老舍先生一根汗毛，我就跟你拼命！

月牙儿：我们拼死也要保护老舍先生！

大字报：老舍？他早被我猛咬过几口了！他的血好甜，肉好香啊！我的胃口还没有得到充分的满足，我还要吃他的肉、喝他的血！

老舍：怎么回事？怎么回事？怎么到头来还是逃不过去？怎么这样的恶魔无处不在、无孔不入？

大字报：〔扑向老舍〕哈哈哈……

骆驼祥子：〔冲上前，以身体护卫老舍与月牙儿〕你敢！

大字报：不是我敢不敢的问题，是你帮不帮我忙的问题！

骆驼祥子：我帮你？你做梦呢？我不把你灭了绝不甘休！

大字报：哈哈哈……你这样的角色我见得多了！你可知道我的厉害？我往什么人胸口喷一口烟雾，那人就会迷住心窍，不管他原来是怎么个立场、态度、情感、心理，一定会马上变成我的工具，去帮助我斗争我指定的对象……最后，我便能轻轻松松地把那斗争对象连皮带骨咔嚓咔嚓嚼碎了吞下……〔说着朝骆驼祥子胸口喷出一股烟雾〕

骆驼祥子：〔先僵住，然后逐渐面目大变，最后转身逼近老舍，凶神恶煞地吼〕老舍！你这个老混蛋！你为什么写下我来？我的阶级属性是劳动人民，你这样写我，是严重歪曲了劳动人民形象！你写的《骆驼祥子》是一株大毒草！你知罪吗？！

老舍：〔惊诧莫名〕呀！我心上仿佛又被猛扎了一刀！

月牙儿：〔扶持着老舍〕骆驼祥子，你怎么了？你犯什么糊涂呢？〔上前欲与大字报拼命〕都是你使的坏！你这丧尽天理天良的家伙！〔大字报朝她胸口喷出一股烟雾，她先僵住，然后也逐渐改变面貌，成为一副泼妇无赖的面目，转身逼近老舍〕老舍！你这老流氓！你写下我是想干什么？社会上那么多优秀的革命妇女你不去写，写我这么个妓女什么用心？还拿我当主角！你纯粹是故意毒害读者、腐蚀青年！你罪大恶极！死有余辜！〔与骆驼祥子一起批斗老舍，逼老舍跪下〕

老舍：你们，你们……啊啊啊……我两眼又全漆黑，我的心灯彻底灭掉……

大字报：哈哈哈……多么动人的景象！我就喜欢看这个：亲人斗亲人，朋友斗朋友，受恩的斗施恩的，被创造的斗创造者……斗呀，斗呀，再猛烈些！火烧！油炸！清蒸！……

老舍：〔震惊莫名，痛心疾首〕啊，我最后的眷顾，终于轰毁！我的尊严与价值，被彻底践踏为零！甚至还绝对在零以下！这是怎样的世界！怎样的人生！

一个生命，即使在最悲惨的情况下，也总不愿含冤陨灭……急流的旋涡里，哪怕一根细细的稻草，也仿佛救命的神梯……我连最后一根稻草，刚到手也便折断——还变成一根粗棒，狠命地把我往旋涡深处打击——

天！如果你真的有眼，你为什么不睁开？你的眼为什么闭得那么紧？

我只求快快结束！

弱者毅然结束生存，也许比强者就更强！

善者果断了结尘缘，至少可以令恶魔因为失去了玩物而扫兴！

我要找到了结自己的最恰当的地方……

［大字报纵情狂笑，并翻滚狂舞］

［萨满神婆上］

萨满神婆： 怎么回事？怎么会成了这样局面？啊，快快把那铃铛拣起，挂回我的腰上！

［萨满神婆挂回铃铛后，大字报跳进茶馆大门，大门关闭，同时巨大的茶壶消失；骆驼祥子与月牙儿先僵住，逐渐恢复到原来面貌，他们面面相觑，恍然大悟，后悔不迭］

骆驼祥子、月牙儿： 天哪！我们做了什么事？［一起过去想扶起跪着的老舍］老舍先生！父亲！母亲！恩人！我们的创造者！您千万原谅我们！我们刚才被夺去了灵魂，迷失了本性……

萨满神婆： 铃铛已经回到我的腰上，他现在看不见你们，也听不见你们了！

骆驼祥子、月牙儿： 悲痛啊！

这世界上居然有种东西可以迷惑人的善良本性！

这人类居然会想出如此手段互相残害！

我们做出了多么可怕的事情！

我们的心也裂了，迸出殷红的血浆！

谁能告诉我们，这样的人间悲剧何时结束？

一旦结束,又如何能够避免重演?

老舍: [缓缓起步] 我去往那僻静的地方,那里湖水在粼粼闪光……

士可杀不可辱! 我必须结束这随时还会遭遇凌辱的局面! 但我绝不接受黑脚印的逻辑,绝不向大字报那样的怪兽屈服!

弱者的尊严高过九重天,

善者的情怀通往永恒的境界,

没有天堂,没有地狱,但一定有容纳弱善谦卑生命的地方……

[老舍踽踽向太平湖边走去]

第三幕

太空——北京·太平湖畔

夜幕初垂

[老舍之母在太空中出现:清朝满族妇女的旗袍装束、梳两把头]

老舍之母: 我是不朽的灵魂。不仅是因为我生下了一个杰出的作家,最主要的,是我一生善良。但今天我很不安。我腹中隐隐作痛。只有做过母亲的妇人才会有那样一种神秘的感觉。我隐隐约约感觉到,是我的儿子老舍在大地上呼唤我。我的儿啊,难道那真是你的声音么? 为什么仿佛非常凄惨? [俯看大地] 那边是我生下老舍的地方——百花深处。那里曾经有过美丽的鲜花,温馨的小家和普通人的细琐悲欢……这边是太平湖。它离百花深处不远。太平湖啊太平湖,为什么你周围的地面,总有那么多不太平的事情发生?

　　[老舍上,缓慢地前行]

　　老舍:士可杀不可辱。我不接受强权的逻辑。我不能任由大字报那样的怪兽凌辱折磨。但是我是一个善良的弱者,我只能从黑脚印与兽牙的威胁下逃亡。我逃向何方? 如果离开这个世界,哪里是我的归宿? 我不怕黑暗,不怕寂寞,不怕没有任何声音,不怕孤独地自处……但是我不能懵懵懂懂地灭绝! ……啊,我想起来了,我曾走过的那条胡同,它叫百花深处,是母亲生下我的地方……在不知不觉中,我选择了最好的方向……那就是走向母亲! 啊,眼前是哪里? 我看见了什么? 什么在我眼前粼粼闪光? 是一片水,有片可以把我整个包裹起来的、温暖的、甜蜜的水啊! 这水,这水,为什么那样熟悉? 那是六十八年前,我曾被包裹在它当中……

　　母亲啊,母亲,你的儿子在绝望中把你呼唤……

　　母亲,在你黑暗的子宫里,我曾拼足力气积蓄光明……

　　温暖的子宫羊水啊,你滋润着我的生命……

　　生命的诞生、发育绝不是为了遭受凌辱亵渎;生命随尊严而临盆,尊严随生命而增长……

　　为了神圣的生命尊严,母亲啊,您再一次孕育我吧!

　　老舍之母:谁的脚步声? 那样熟悉? 谁的呼吸,那样亲切? 我的腹部又在隐隐作痛……我仿佛又触摸到了一颗小小的、纯洁的心脏,在跳,在跳……

　　[萨满神婆上]

　　萨满神婆:啊,他们母子互相想念,却互相不能看见! 骆驼祥子！月牙儿！你们还有一次摘铃铛的机会，你们快来促成他们的相见啊！

　　［骆驼祥子、月牙儿上］

　　骆驼祥子：我再不做摘铃铛的事！

　　月牙儿：上一回的教训还不惨痛吗？本以为是桩喜事，结果多么可怕、多么悲惨！

　　老舍之母：［仍在空中］啊，我有种感觉，我的儿，他来找我了！可是，我为什么看不见他？他在哪儿？哪儿？

　　老舍：啊，我有种感觉，我的母亲，她迎着我来了……母亲！母亲！您听见儿子的呼唤了吗？您在哪儿？哪儿？

　　［老舍之母降到地面，就在老舍面前，但是他们两人就是谁也看不见谁；两人形成一段贴近而不接触的双人舞］

　　萨满神婆：［对骆驼祥子、月牙儿］你们怎么还不来摘铃？你们就忍心看着他们母子两人这样咫尺天涯吗？

　　月牙儿：我怕再跳出会喷毒气的怪兽，使那母亲也迷失了本性！

　　骆驼祥子：呀，我再也不忍心袖手旁观——豁出去了，我来摘第三只铃铛！

　　萨满神婆：这就对了！要相信，人类中最难攻破的，是母亲的爱子之心！母爱是所有爱的情感里最伟大最神圣的！

　　［骆驼祥子摘下一只铃铛；月牙儿主动接过，弯腰放到老舍脚下；老舍之母与老舍仍在互相摸索，一时没有踢到那只铃铛；骆驼祥子拦腰举起月牙儿，月牙儿欠身再把铃铛搁到老舍脚尖前，老舍终于踢响了铃铛；骆驼祥子、月牙儿退到一

侧跟萨满神婆站到一处,紧张地望着母子二人]

老舍之母:哪里有铃铛在响?

老舍:我又一次踢到了铃铛,可是这一回为什么我的愿望没有显现?

[母子二人仍然不能互相看见、听到]

萨满神婆:不幸啊! 这回摘下的铃铛,是个没有法力的!

骆驼祥子:[顿脚捶胸] 我是怎么回事儿? 为什么摘下只没有法力的铃铛?

月牙儿:[双手交叉抱肩,后悔不迭] 我为什么不主动去摘? 我一定能摘到具有法力的啊!

萨满神婆:从人间到宇宙,无可奈何的事情总要频繁出现!

老舍:母亲啊,我感觉到您了!

母亲啊,我抚摩着自己,也就抚摩到了您……

母亲啊,您在无言中告诉我,生命的尊严,犹如九重高天,什么利刃也不能将其真正彻底地戳破!

老舍之母:我的儿啊,你为什么不在我面前出现? [悲哀地缓缓升起,回太空] 我不知道我的儿子现在究竟如何,但是,我要借这清风明月告诉他,我永远相信他是善良的,我随时准备迎接他,我们母子相聚时,一定是人间善良在向邪恶显示它的力量……[升高,隐去]

老舍:[面对太平湖] 啊,我明白了,这是母亲的子宫,这闪烁着粼光的是母腹中的羊水……啊,这是我可以去,应该去的地方——回到生命的初始状态,回到母腹,回到母亲那黑暗而温暖、寂静而安全的子宫里去……黑脚印巨人啊,你以为已经踩死我了吗? 大字报怪兽啊,你以为已经把我的尊严与价值化为了零,甚至化为了负数吗? 哈哈哈……我逃亡了! 不是逃往了虚无,不是逃往了无法再生的地方,我逃往了最能蔑视你们的所在——那就是孕育新生命的地方!

我将结束,我将再生!

我要从沉重的绝望中孕育出新的、鲜活的希望!

希望,希望,尊严伴你诞生、发育、临盆、生长、成熟!

我去了,义无反顾!

我来了,人间有灭不掉的百花深处、关不住斩不断的春光! 〔张开双臂,投向湖中〕

骆驼祥子、月牙儿: 老舍先生! 老舍先生! 〔互相埋怨〕你怎么没赶过去拉住他? 〔各自怨艾〕怎么就没想到会是这样的结果?

〔天空忽然降下细雨〕

骆驼祥子、月牙儿: 天哭了!

让我们的心也流出滚热的眼泪吧!

一个好人走了,

他还会再回来;

一时间世界黑沉沉,

光亮的好日子还会再来!

谁说必得是用黑脚印迈步子?

只是我们再不能让那些恶魔扭曲了我们善良诚实的本性!

天啊，你流泪，也就是睁开了睡眼，

有一天你明亮的眼睛里再不让揉进砂粒，

明媚的祥和之光，普照人间！

萨满女神：最悲惨的事也就是最壮丽的事。人间最黑暗的时刻里也就孕育着最灿烂的明天。老舍先生没有死。他从母腹中来，又回到母腹中去，等待着再一次诞生。个体生命，以及伴随着生命发展的尊严，是永远不会灭绝的！

［萨满神婆带领骆驼祥子、月牙儿以庄严祈祷的舞姿下场］

全剧终

　　　　　2001 年 8 月 24 日，完成于老舍先生

辞世三十五周年忌日，于北京东郊温榆斋

5

《老舍之死》在《香港文学》刊发后，我给住在同楼下面的舒乙送去。他第二天没有跟我通电话也没有上楼来见我，而是递来一封亲笔信：

心武兄：

连夜拜读了大作，感动落泪。

谢谢你！而且为你高兴，特向你祝贺，是一个成功的作品。

非常有新意，完全是一个浪漫主义的悲剧，构思奇巧。

对人性进行了深刻的挖掘，是个人道主义的张扬之作。

具有强烈的批判意识,这种批判已经不多见了,表现了你的勇敢和思考的锐利,最主要的是这种批判意识的独立性和不衰性,极为难能可贵。

通篇对老舍先生充满敬意、同情和惋惜,引出我许多痛苦的追忆和共鸣,夜间醒来,久不能眠……

我说不出什么意见,只是觉得难演,是不是常规的舞台冲突,要求套不上,不知道一般的导演怎样去把握,好像朗诵更淋漓和痛快些。

知道你有早睡习惯,不便电话打扰,特在上班前写此短函,表示我的欣赏和敬意。

……

　　　　　　　　　　　　　　　　舒乙　上

　　　　　　　　　　　　　　　　2002,1,11

问晓歌好!

我不知道是否能在某一天,我的这个歌剧剧本,能在舞台上呈现,哪怕演成话剧,或者仅是朗诵。

　　　　　　　　　　　2011 年 8 月 2 日写于绿叶居

红故事

1

2004 年初，我开始写回忆录。一个人应该是在觉得自己一生中的重大事情都过去以后，才有写回忆录的心境。我提笔写下第一句"我开始回忆"时，就是那样的心境。但是没有想到，竟还有"新故事"在接下来的岁月里迎候我，一度弄得我心烦意乱，回忆录的写作不得不停顿下来。

一切都源于一个电话。大约在 2004 年夏末，案头电话铃响了，顺手拿起话筒，是现代文学馆的傅光明打来。他此前多次给我来过电话，邀我到他们馆里去讲研究《红楼梦》的心得，第一次邀请记得是在 2002 年，那时我写的《秦可卿之死》《贾元春之死》《妙玉之死》及其他涉红文章早已结集出版且在 1999 年修订为《红楼三钗之谜》推出，他因此觉得我可以到他们馆里给《红楼梦》爱好者讲讲。我一直拒绝。也没有什么特别的理由，我总是告诉他："现在懒得去讲。"傅光明好脾气，他每次遭到我拒绝，回应的话音里总听不出丝毫的生气，总是说："那好，现在就不讲吧。可是我还是希望你能来讲。我过些时候再打电话约你,好吗?"如此的好脾气,纵使我性格再乖僻,也难免被软化。那天我就彻底心软了:"好吧。难为你始终不嫌弃我,这回我去讲讲。"

大约是 2004 年秋天,我应邀去了现代文学馆,讲我从秦可卿入手揭秘《红楼梦》文本"真事隐、假语存"的研究心得。那天演讲厅爆棚。原有的椅子不够,又从另外的会议室里搬来些椅子。据说有的听众是看到预告后从天津赶过来的。

我没有讲稿,只有一纸提纲,就那么漫谈起来。讲时我发现有人录像,也没在意。我知道现代文学馆设备先进,"武装到牙齿",想必是录下来作为馆藏资料罢了。后来才知道,那时现代文学馆是在与 CCTV - 10(科教频道)的《百家讲坛》栏目组合作,绝大多数讲座经过剪辑后,就作为《百家讲坛》的节目安排播出。

过了些时日,忽然发现 CCTV - 10 的《百家讲坛》播出了一组《〈红楼梦〉六人谈》的节目,我讲的编入其中,剪为了上下两集,按照预告时间看了,剪辑得很好,当中的串词也很得当,嵌入的图片、配上的音乐也颇精彩。《百家讲坛》没有就此提前通知我,并不离谱,找出跟现代文学馆签的协议,当时没有仔细看,那上面有一条是,演讲者同意馆里将所录资料用于文化传播(大意),《百家讲坛》既然跟现代文学馆另有合作协议,将去馆里演讲的录像资料加以利用,顺理成章。

原以为我那两集节目播过也就算了,我可以回过头静心再写回忆录,没想到那不但不是一件事的结束,竟是一场大风波的前奏。

2

《百家讲坛》那以后不再与现代文学馆合作，却主动来与我联系，说是《〈红楼梦〉六人谈》播出以后，我那两集收视率颇高，电视节目是制作给手持遥控器的观众看的，观众看了几分钟被吸引住，不拿遥控器将其点开，节目就算没有白做，为继续服务观众，给他们提供喜闻乐见的节目，他们节目组经过研究，决定邀请我将那两集的内容充分展开，制作成一个系列节目。

开始，我照例是拒绝。

我的形象不佳。我羞于抛头露面。我不需要依赖电视增大知名度。我知自己的红学研究心得离主流红学太远。我不想卷入高调的争论。我想做另外的自己喜欢做的事，比如写回忆录。归根结底，我懒得去他们那里录制什么系列节目。

糟糕的是，我的拒绝还不够强硬。我没有拒绝跟他们节目组的编导们见面。我想的是，电话拒绝可能确实显得不够与人为善，当面告诉他们我的性格就是这么放诞诡僻，我不录节目，并不是否定他们的辛勤劳作，实际上《百家讲坛》有的节目我是看的，也觉得不错，希望他们理解我的性格，同时不要误会我对他们的尊重与善意。能不能大家见个面，当面说个明白，"一笑泯误解"之后，便"从今分两地，各自保平安"呢？

见面中，他们的"大道理"也好，"中道理"也好，都没有打动我。最后令我心软也不是"小道理"而是"小事情"。那几个编导大体都是"70后"，他们在 CCTV 工作，不再是原来那种享有"铁饭碗"的待遇，他们属于聘任，他们能不能在那个地方站稳，要看他们的工作成绩,而工作成绩的重要指标,就是所录制节目的收视率。台里实施着栏目的"末位淘汰制",就是倘若你那个栏目连续一段时间在收视率上排在最末位,那么整个栏目就会被取消,"皮之不存,毛将焉附"? 栏目取消了,制片人都得另谋出路,遑论一般编导? 原来我对他们台里以收视率为圭臬,实行"末位淘汰"并不以为然,以为有的节目虽然收视率低,内容好形式也不错,应该尽量保留。而且听说他们据以判断收视率的"索福瑞"系统,布点量极其有限,未必就能准确体现广大观众的好恶。我曾接受过"收视率是万恶之源"的说法。但是那天我面对的是几个活泼泼的生命。他们需要制作出收视率较高的节目以确保他们的基本利益。我想起来曾到他们频道一个《博物》栏目里,参与录制过一期谈如意的节目,也曾播出,问起来,那栏目就因收视率垫底而撤消,其中的编导也都风来云散,"各自须寻各自门"。剪辑《〈红楼梦〉六人谈》我做嘉宾那两集的编导,我觉得她还是个小姑娘,她跟我闲聊,原来已经从外地来北京打拼好几年了,发狠在四环外买了商品楼的单元,首付不菲,每月更要还不老少的房贷……在我来说,收视率不过是个可以任意褒贬的"话题",对她来说,收视率竟是安身立命的要素! 我心既软,也就违背初衷,竟然冲动中一拍胸脯:"咱们就录! 要讲得让观众爱听爱看,把收视率提上去!"

3

2005 年初,我陆续录制了《刘心武揭秘〈红楼梦〉》系列节目23 集,《百家讲坛》以每个周末播出一集的方式安排播出。后来有人写书,说《百家讲坛》编导在录制中常常打断我的讲述,要求我重新按他们的要求再来讲述,形容那录制简直是把你放到魔鬼的床上,你若超长便将你锯短,若嫌你短便将你硬抻拉长。这不符合我录制的实际情况,我在录制前只有腹稿,写出来的只是一叠纸片,上面是简单的提纲和需引用的《红楼梦》原文及相关文献资料摘录,到现场我往往又会漏掉提纲里列出的,灵机一动补入的不少,并且我做不到在规定的时间(45分钟)里完成讲述,期期超时,有时竟超出一倍,但编导(包括现场导播)从来没有打断过我,总是履行他们事先的诺言:"刘老师你随便讲,尽兴就好!"我虽即兴成分很高,又超时成性,但他们对我的录制事后多有褒扬鼓励:"流畅自然,没有破碎句子,手势得宜,偶尔走台(如解释"草蛇灰线、伏延千里"时)十分生动,整个讲述内在逻辑严密,如层层剥笋,悬念迭出,让人听来上瘾……"我问超时是否造成他们剪辑时的麻烦,他们的回答是:"喜欢剪您的节目,没有什么需要补缀的地方,只是有时候实在舍不得剪掉有的内容,总觉得剪掉可惜,可是由于节目时间的硬性规定,不得不下狠心剪掉,至于您的'大超时',我们反而喜出望外,因为可以很便当地改变原来计划,原定一集变成两集……"这样下来,我和那个组的编导合作得很好,我每次讲完把那叠纸片交给他们,他们根据录像参照纸片上的提纲引文先形成节目文字版,其中有他们撰写的前言后语和串词,通过电子邮件传给我,我修订后再反馈他们,后来我出《刘心武揭秘〈红楼梦〉》的四部书,其中大部分文字就是以那节目修订稿为基础再加工而成的。

　　《刘心武揭秘〈红楼梦〉》系列节目播出后,收视率蹿高,据说总体平均的收视率成为那阶段栏目里最高的。那时候阎崇年的清史讲座收视率也蹿高，《百家讲坛》一时间成为观众喜闻乐见的栏目之一，制片人万卫名声大震，编导们也都扬眉吐气，不消说，他们在台里的脚跟，是站得稳稳的了。后来我和万卫有一次交流，形成了几点共识：电视节目属于通俗文化，虽然也要兼顾高级知识分子和文盲这两极，但它所服务的对象还是一般具有中等文化水平的俗众；《百家讲坛》不是把大学文学课堂的讲课搬到荧屏，它固然有传播文化的职责，但必须具有一定的娱乐性，即好懂、易明、有趣、抓人；有人批评《百家讲坛》变成了"书场"，当然要防止栏目里的讲座一味追求趣味而丧失了文化内涵，但汲取传统说书艺术亲近俗众的特点，将其作为"瓶"来装文化的"水"，有利于手持遥控器的观众觉得"解渴"而不将其马上点开，从而拴住观众，甚至培养出一批这个栏目的"粉丝"来。

　　"揭秘"系列每周播出一集，总的悬念走向是"《红楼梦》里的秦可卿这个艺术形象的原型究竟是谁？"可是观众听来听去，觉得就要点出谜底了，却又生出新的枝杈，还是没有最后的"大起底"，那期间据说总有热心的观众互相询问："秦可卿的真实身份究竟是什么？是不是下一集就见分晓了？"有的急得生气，有的越听越疑，但越是气越是疑他们就越接着听，我讲的目的，《百家讲坛》录播这个系列节目的目的，都并不是要观众一定接受我的观点（这从编导的串词和我在讲座中一再宣布"我不一定对，仅供您参考"一类表述可以证明），而是起到刺激观众去翻开《红楼梦》原书阅读。这个目的果然达到，有资料显示，那一时期书店里各种版本的《红楼梦》销量大增。

《百家讲坛》那时若干题目的讲座都受到欢迎,后来更以易中天的《三国》讲座和于丹的《论语》讲座形成大高潮,《百家讲坛》成为CCTV的名牌栏目,万卫后来因此被提升,栏目的编导也大都成为频道的骨干。

然而,我的不愉快,却纷至沓来。

4

我早成为文坛的边缘存在。我火过,然而那已成悠悠往事。2004年以后我给自己的定位十分清晰,就是一个"退休金领取者"。我习惯,并且乐于过不引人注意的生活。我还写作,年年也还在出书,那是我消费生命的方式。我把自己的写作形容为种"四棵树",第一棵是"小说树",第二棵是"散文随笔树",第三棵是"建筑评论树",第四棵才是"《红楼梦》研究树"。

然而,《百家讲坛》的"揭秘"系列讲座却陡然让我又火了起来。即使我拒绝接受采访,都市类报纸的版面上也还是要不吝篇幅地报道、评议我的"讲红"。网络上也很热闹。当然也有杂志上的文章,如《文艺研究》就刊发了抨击我讲座的专辑。我家的电话机一阵铃声接着一阵铃声,把电话线拔掉,却又错过了至亲好友与此事无关却很重要的来电。我要安静,却难以安静。烦恼与日俱增。

有的年轻人原来并不知道我,他们是因为我上《百家讲坛》才发现我的。有的成为我的"粉丝",不过他们的拥趸方式有时令我瞠目。23集"揭秘"播完以后,我的《揭秘》书也出版发行了,出版社在王府井新华书店组织签售活动,忽见有小伙子背上贴着心形电光纸的标语："我爱李宇春，更爱刘心武"，我倒还知道李宇春是"超女"（"超级女生歌咏比赛"）的冠军，却并未因这标语而受宠若惊，竟有些茫然无措。又忽见有小姑娘背上的标语是"刘心武骨灰级粉丝"，着实吓了一大跳。"骨灰"？是诅咒我么？亏得出版社的编辑及时进行现场指导，告诉我"骨灰级粉丝"意味着最高级别的崇拜，是颂词而非咒语。与这些崇拜者相反，有的网民对我极端反感、坚决抵制，他们在网上穿着"马甲"用最刻薄的语言讥讽甚至辱骂我。一种普遍的说法是，这个叫刘心武的人是在用这种办法谋求出名、谋求金钱。我不免觉得委屈。其实我算是出过名的人了，也早挣到一些稿费、版税，而且就是我的退休金，也足够我过一种体面的生活。我到《百家讲坛》去讲，本是"拉郎配"，非自己所谋求啊。

还有"逃避现实，钻进故纸堆"的指责，"写不出小说了，就跑到红学里去鬼混"，并以我为例，说什么"《红楼梦》是文化垃圾，一部颓废小说，里头除了谈情说爱还有什么？竟然养活了一群人！有人竟然去靠研究什么红学吃饭，可耻！可鄙！"我当然更加委屈。我在发表涉红文章的同时，写出发表了不少反映民间疾苦、塑造农民工与城市下岗工人的中短篇小说，如《护城河边的灰姑娘》《尘与汗》《站冰》《泼妇鸡丁》等，由人民文学出版社出版了书名《站冰》的小说集，这些作品有的在台湾发表，有的翻译成法文在法国出版，我怎么不写关注现实的小说了？只是我种的"小说树"和其他两棵树，在《百家讲坛》引发的事态中，让"《红楼梦》研究树"给生生遮蔽住了啊！

这些不愉快，只能在流逝的日子里慢慢消化。

　　不过在批评嘲讽乃至辱骂的声浪里,我也形成了一种新的觉悟,那就是《红楼梦》作为我们民族文化经典,远未形成全民共识,因此,不仅我,应该有更多的人士,站出来弘扬《红楼梦》,特别应该让年轻的一代懂得,每个民族都有自己引以自豪的经典文本,在印度,是迦梨陀娑的剧作如《沙恭达罗》;在英国,是莎士比亚的剧作和十四行诗;在阿拉伯世界,是《一千零一夜》;在意大利,是但丁的《神曲》;在西班牙,有《堂·吉诃德》;在法国,是雨果的《悲惨世界》,当然还可以举出更多;在俄罗斯,是列夫·托尔斯泰的《战争与和平》,也当然还可以举出更多;在日本,是紫氏部的《源氏物语》;在朝鲜和韩国,《春香传》作为他们民族的文化经典并不因政治的对抗而产生分歧;在美国,可以举出马克·吐温等的小说;在德语文学,歌德、席勒及其作品不消说了,还有卡夫卡的《变形记》等作品……我们中国的《红楼梦》里集中了自先秦文献到唐诗宋词到元明戏剧的文化精华,并且堪称中国传统社会的百科全书,其作者曹雪芹在作品中提出了"人生着甚苦奔忙"的终极追问,更通过贾宝玉等艺术形象回应了这一追问,提出了"世法平等"的社会理想,激励读者去追求充满真情的诗意生存……许多人,特别是一些年轻人,他们对《红楼梦》的片面理解,大多是因为他们并没有阅读,或者说并没有仔细阅读《红楼梦》的文本,他们对《红楼梦》的印象大体上来自于戏曲舞台演出、电影、电视连续剧、连环画("小人书"),甚至是道听途说。《红楼梦》绝对不能概括为一部"爱情小说",不能称之为"颓废作品",不能蔑视为"垃圾",那是一种对民族传统文化所持的虚无主义的态度。一个民族养活一些人专门研究、推广他们民族的文化经典,是再正常不过的事情,怎么能视为可耻、可鄙呢? 1977年我写《班主任》的时候,心中有种焦虑,就是觉得"文革"造成了文化断裂,连被公认为品德优秀的团支书,也动辄指斥"文革"前和外国的文学作品是"黄书",透过那篇作品,我发出了"救救孩子"的呐喊,那么三十多年过去,我仍有焦虑,不少年轻人不认《红楼梦》,不以为是民族的文化瑰宝,甚至蔑视为"一本破书",和写《班主任》时一样,我依然出于社会责任感,以"退休金领取者"身份,为推广《红楼梦》奔走呼号,其实也还是"救救孩子"。

对于一般人士,包括年轻一代对我研红讲红的误解、嫌厌、抨击、讥讽,固然使我心情郁闷,但还不至于令我气愤。

而令我气愤以至失态的情况,终于出现。

5

我们国家是有专门的研究《红楼梦》的机构的。那就是文化部所属的艺术研究院里,有个《红楼梦》研究所,以此为依托,又派生出《红楼梦》学会,它们的领导人长期以来是兼任的。本来,向民众推广《红楼梦》,是红学所和红学会的本职工作。但长期以来,他们在这方面的工作乏善可陈。

有人以为我跑到CCTV-10《百家讲坛》里去讲《红楼梦》,是"鸦占鸾巢"。应该由专家教授们去讲呀! 怎么轮得到你? 你有什么资格? 我自己确实觉得不够资格。前面交代了,傅光明请我去文学馆讲"研红"心得时,我开头根本不知道那演讲要剪辑后上《百家讲坛》。后来去录制那23集"揭秘"系列,也是先拒绝后经感化才勉为其难的。许多人不知道,我也是后来才弄明白,其实在我之前，文学馆和《百家讲坛》栏目已经几乎把所有能请到的研究《红楼梦》的专家学者一网打尽了，举凡长期担任红学所和红学会领导的冯其庸、李希凡以及所里会里的专家们，还有早已退出红学所的周汝昌，一些大学里的教授，还有王蒙等，都录制了节目，也都播出过，并且都由中国国际电视总公司制作为光盘向海内外发行，只是响动不大，据说有的红学所专家录播的节目，收视率极低，个别的收视率竟为零。我其实是节目组在资源殆尽的情况下，通过傅光明协助，找来填补的一位，万没想到我的讲座引来了蹿高的收视率。

红学所和红学会的专家们，对我的"揭秘"系列的录播极为不满。他们通过传媒，对我进行了后来媒体所称的"群殴"。其中一位专家说，我可以在自己书房里研究"秦学"，也可以发表文章、出书，但是我不能到电视台去讲自己那套观点。这样的说法令我不快。媒体想方设法找到我，问我对此作何回应？我就说自己是中华人民共和国公民，有应邀（我强调是电视台邀请我而非我自己强行要上电视）去电视台录制节目的公民权，至于录制出的节目他们播不播，自有他们的一套审查制度在那里，与我就没有关系了。媒体有了专家的说法和我的回应，就做出整版的报道，标题有时就在那专家和我之间加上大大的 VS 符号。我的"秦学"观点确实值得商榷，那阶段也有一些相关的批评是就具体的观点与我争鸣，但我有没有资格上《百家讲坛》，一时成了最大的话题。

那时万卫他们似乎也感受到了不寻常的压力。本来他们的节目内容是欢迎批评，更乐于引出争鸣的，但问题的症结变成他们是否请错了人、做错了事，这就超出学术范畴了。本来我录制

完关于秦可卿、贾元春、妙玉的讲述后，他们还预定邀请我进一步
满足热心观众的愿望，继续讲林黛玉、薛宝钗、史湘云等"金陵十
二钗"里的女性形象，以及贾宝玉，我自己不愿再陷于舆论旋涡，
他们也觉得事到如此地步还是谨慎为上，于是就没有再继续往下
录制，这个情况后来被某些媒体称为"刘心武被'群殴'后遭到'腰
斩'"，人们注意到，《百家讲坛》又专门请来周思源，请他录制了一
个批驳我的系列讲座，及时安排播出。有记者紧盯着我问，你对
周的批驳作何感想？我说我看了，觉得他很儒雅，他的观点也很
可以供观众参考，底下话还没说完，记者已经失却了继续采访的
兴趣，他表示，你竟然称赞批驳你的人儒雅，这我们报道出来还有
什么意思？我们希望的是你跟他 PK！

　　事态如果到此为止，也就算了。但是，有人告诉我，红学所的
《红楼梦学刊》2005 年第 6 辑，非同寻常地在头题发表了该刊记者
对冯其庸和李希凡的长篇访谈录，对我在《百家讲坛》的讲座，从
政治角度上纲上线，"你要小心！"

　　找来那辑《红楼梦学刊》翻开一看，我愤懑已极。

　　我的讲座当然可以批评，就是严厉批判，若是在学术前提下，
我本也应该承受。但冯、李二位对我却进行了政治判决。被"编
者按"称为"在红学界德高望重的红学家"的冯、李二位，冯其庸下
断语说"中央电视台播放这样的节目是对社会文化的混乱。刘心
武的'秦学'现在之所以能达到这样的状况，成为一种社会问题，
跟中央电视台推波助澜有很大关系……希望中央电视台重视这
件事，希望他们对社会的文化建设要起积极作用，不要起混乱作
用。我提醒中央电视台的领导，要认真考虑注意这个问题，如果

都这样乱来,文化界就不成其为文化界了……不能看着他们这样胡闹下去。"按他的逻辑,不仅我的讲座应该禁播、消毒,《百家讲坛》的制片人应该撤职处分,CCTV-10的频道负责人也应担责,CCTV至少有一位副台长应该由于放任我的讲座录播形成了"对社会文化的混乱"而被撤职。李希凡则说我"扰乱了文学艺术的研究方向",这也是一个很大的政治罪名。年轻一代没经历过几十年前那些"文化战线的阶级斗争",我虽然在"反胡风反革命集团"、"反丁(玲)陈(企霞)反党集团"以及"批判电影《武训传》"、"批判俞平伯《红楼梦研究》"等"火热的斗争"时还是一个少年,但我的青年时期是经历了"文化大革命"全过程的,深知一个写作者如果被宣布"成为一种社会问题"、"扰乱了文学艺术的研究方向",几乎就等同于死罪。"文革"前夕,邵荃麟不过是提出了"写中间人物"的主张,还谈不到全面"干扰了文学艺术的研究方向",就被撤职批判,到"文革"里,先关在"牛棚",后来被送进监狱,并且瘐死其中,家属后来去领取遗物,在已经不成样子的裤子上,留有粪便和血渍!

都什么年月了,冯、李二位还保持如此这般的思维,并且不是只在自家客厅里或小范围会议上说说,而是利用"公器",白纸黑字地刊印出来,向社会宣布。我看到真是怒发冲冠。我可不吃他们这一套! 必须抗争!

或许,不理睬他们才是最佳对策。可是,就在那辑《红楼梦学刊》出来以后,海外朋友给我来电话,我接听,对方说:"你还在家里啊!"这话古怪,电话打到我家,我接听,自然在家里,而且他知我一贯深居简出,不在家里会在哪里? 他就说,听到我的声音,放心了,他说看

到那边有传媒报道，红学界大权威把我上告了，担心我会被划为
"扰乱分子"……对他的关心，我领情，但这样的电话弄得我心烦意
乱；后来有关心我的人告诉我：那所谓的"访谈录"，其实就是他们
上书中共中央政治局的信函的一个变体，他们希望通过最高层，来
对我进行"政治解决"！这更让我的愤怒升级。当然，关于他们上
书高层政治家，可能只是一个谣言。我无从去证实，但也无从去证
伪。事到如今，既然境外媒体有过报道，应该由冯、李二位来澄清，
倘是谣言，他们应该至少在《红楼梦学刊》上郑重辟谣。

　　偏那时候，CCTV－1频道的《东方之子》又来邀请我录制访
谈。我不想录。出版社方面劝我还是去录。录这样一个节目对
出版社出我的"揭秘"系列也是一种肯定，当然，也有利于书的销
售。更有朋友劝我："可见冯、李他们的霸道如今已经吃不开，你
录这个节目，也就等于煞煞他们的极左气焰。"于是我答应了。但
表示不想去电视台里录，希望他们在我居住地附近临时租个空间
录。他们就租了一个茶寮里的空间。录制方式是由主持人张羽
跟我问答。开头倒也顺畅。忽然我听张羽问道："有人指责您的
讲座形成了社会文化混乱、扰乱了文学艺术的研究方向，您怎么
回应？"我深受刺激，竟然失态，立刻站起来说："我不录了！我听
不得这个话！他们凭什么这么说我？为什么还来'以阶级斗争为
纲'那一套？为什么给我扣上政治罪名？岂有此理！"我拔脚就往
茶寮门外走，张羽及摄像等工作人员大吃一惊，有的就赶紧拦住
我，劝我回到原来位置上。张羽微笑着说："刘老师，我是照采访
提纲提问啊，我自己没有那样的观点啊。再说，您不愿意回答完
全可以跳过这个问题，干吗生那么大的气呢？"我乃性情中人，是

真的生了大气,当然气的是冯、李他们,以及由他们引起的,关于极左势力动辄将学术问题上纲为政治问题置人于死地的那个并未湮灭的"传统"的联想。我让助手赶紧给我速效救心丸,药效扩散后,胸闷稍缓,这才略为冷静,跟张羽他们道歉,接着往下录制。几天后那访谈播出了,总体而言,是肯定我在《百家讲坛》的讲红,起到了掀起新一波《红楼梦》阅读热的良性作用。

6

冯、李通过《红楼梦学刊》上的"访谈录"对我进行政治声讨不久,有一天,我的私人助手鄂力接到外交部办公厅的电话,邀我去外交部讲一次《红楼梦》。鄂力告诉我以后,我颇感诧异。我让鄂力进一步跟邀请方沟通。依我想来,应该是外交部的共青团、妇联系统,或老干部局,在业余时间,组织的一种丰富业余生活的讲座。但是,他们怎么不邀请红学所、红学会的专家们去讲《红楼梦》,却偏偏找我讲呢? 鄂力进一步跟邀请方沟通后,传递给我的信息更让我诧异。人家告诉他,不是请去在晚上或双休日讲,而是在上班时间讲,凡能暂时停下工作的部员都会去听,演讲地点安排在回答外国记者提问的那个新闻发布厅,而且,届时部长李肇星也要来听。我很为难。曹雪芹说"那宝玉本就懒与士大夫诸男人接谈,又最厌峨冠礼服贺吊往还等事",我"读红"深受这一影响,怕见官,怕开会,怕礼仪,怕场面。但想来想去,人家邀请是好意,盛情难却,硬一硬头皮,去吧。

演讲时间定在 11 月 21 日,是个星期一,下午两点半讲,希望我提前半小时到。说要派车来接,我让鄂力坚辞,我们俩自己坐

苔花如米小，也学牡丹开。　　L·X·W

地铁去，真的很方便，出了地铁口，没几步就是外交部。办公厅的人在门口迎候，将我们先带往新闻发布厅旁边的贵宾室。去之前我对鄂力说："今天中午小布什回美国。李肇星必去送行。好好好，省得我还要跟他寒暄。"那些天李肇星应该是天天陪着国家主席接待美国总统，处于大忙状态。没想到刚在那贵宾室坐定，就只见李肇星穿着规范的夹克衫从门外飘然而进，他是把小布什送上"空军一号"以后，马上赶回来的，他满脸笑容地过来跟我握手，还让早守候一旁的摄影师拍照，握定我的手后，面朝镜头，停顿——这样的肢体造型我在电视新闻里已经看熟，但轮到自己也成为其中一景，却很不习惯。我去，没有带自己的书，但人家早准备了一摞书，让我为李部长及部里人员签名。李肇星请我坐到沙发上，拍着我那《揭秘》的书的封面说："群众欢迎，就是好的嘛！"一位陪同的部员问我："我们能不能录像？"我心里正嘀咕，李肇星说："录下来做成光盘，发往各驻外使领馆，作为我们外交官们的参考资料。现在要开展'文化外交'嘛，我们组织系列讲座，为的就是让外交人员提高传统文化的素养。"后来就去演讲。座无虚席。李肇星坐第一排，听时似乎还拿笔记点什么。

7

2006年春天，我应美国华美协进社和哥伦比亚大学邀请，在哥大进行了关于《红楼梦》的演讲。

我在哥伦比亚大学弘红次日，几乎美国所有的华文报纸都立即予以报道，《星岛日报》的标题用了初号字《刘心武哥大妙语讲红楼》，提要中说："刘心武在哥大的'红楼揭秘'，可谓千呼万唤始出来。他的风趣幽默，妙语连珠，连中国当代文学泰斗人物夏志清也特来捧场，更一边听一边连连点头，讲堂内座无虚席，听众们都随着刘心武的'红楼梦'在荣国府、宁国府中流连忘返。"

我第一次见夏志清先生，是在 1987 年，那次赴美到十数所著名大学演讲（讲题是中国文学现状及个人创作历程），首站正是哥大，那回夏先生没去听我演讲，也没参加纽约众多文化界人士欢迎我的聚会，但是他通过其研究生，邀我到唐人街一家餐馆单独晤面，体现出他那特立独行的性格。那次我赠他一件民俗工艺品，是江浙一带小镇居民挂在大门旁的避邪镜，用锡制作，雕有很细腻精巧的花纹图样，他一见就说："我最讨厌这些个迷信的东西。"我有点窘，他就又说："你既然拿来了，我也就收下吧。"他的率真给我留下了深刻的印象。

我 2006 年在哥大演讲那天上午，夏先生来听，坐在头排，正对着讲台。讲完后我趋前感谢他的支持，他说下午还要来听，我劝他不必来了，因为所有来听讲的人士，都可以只选一场来听，一般听众是要购票入场的，一场 20 美元，有的就只选上一场，或只选下一场，两场全听，其实还是很累的。但下午夏先生还是来了，还坐头排，一直是全神贯注。

报道说"夏志清捧场"（用二号字在大标题上方作为导语），我以为并非夸张。这是实际情况。他不但专注地听我这样一个没有教授、研究员、专家、学者身份头衔的行外晚辈演讲，还几次大声地发表感想。一次是我讲到"双悬日月照乾坤"所影射的乾隆和弘晳两派政治力量的对峙，以及"乘槎待帝孙"所表达出的著书人的政治倾向时，他发出"啊，是这样"的感叹。一次是我讲到太虚幻境四仙姑的命名,隐含着贾宝玉一生中对他影响最大的四位女性,特别是"度恨菩提"是暗指妙玉时,针对我的层层推理,他高声赞扬:"精彩!"我最后强调,曹雪芹超越了政治情怀,没有把《红楼梦》写成一部政治小说,而是通过贾宝玉形象的塑造和对"情榜"的设计,把《红楼梦》的文本提升到了人文情怀的高度,这时夏老更高声地呼出了两个字:"伟大!"我觉得他是认可了我的论点,在赞扬曹雪芹从政治层面升华到人类终极关怀层面的写作高度。

后来不止一位在场的人士跟我说,夏志清先生是从来不乱捧人的,甚至于可以说是一贯吝于赞词,他当众如此高声表态,是罕见的。夏先生并对采访的记者表示,听了我的两讲后,他会读我赠他的两册《揭秘》,并且,我以为那是更加重要的——他说他要"重温旧梦,恶补《红楼梦》"。

到哥大演讲,我本来的目的,只不过是唤起一般美国人对曹雪芹和《红楼梦》的初步兴趣,没想到来听的专家,尤其是夏老这样的硕儒,竟给予我如此坚定的支持,真是喜出望外。

当然,我只是一家之言,夏老的赞扬支持,也仅是他个人的一种反应。国内一般人大体都知道夏老曾用英文写成《中国现代小说史》,被译成中文传到我们这边后,产生出巨大的影响,沈从文和张爱玲这两位被我们这边一度从文学史中剔除的小说家,他们作品的价值,终于得到了普遍的承认;钱锺书一度只被认为是个外文优秀的学者,其写成于上世纪40年代的长篇小说《围城》从50年代到70年代根本不被重印,在文学史中也只字不提,到90年代后则成为了畅销小说。我知道国内现在仍有一些人对夏先生的《中国现代小说史》不以为然,他们可以继续对夏先生,包括沈从文、张爱玲以及《围城》不以为然或采取批判的态度,但有一点那是绝大多数人都承认的,就是谁也不能自以为真理独在自己手中,以霸主心态学阀作风对付别人。

8

2006年春天我在美国的活动结束回国前,纽约老友梅振才先生建议我把《刘心武揭秘〈红楼梦〉》一、二册寄给普林斯顿的余英时先生,余先生是学贯中西、著作等身的学术大师,我对他仰慕很久,但并无一面之缘。他的学术主攻方向虽然是历史学、文化学,但也一度深入红学领域,其《红楼梦的两个世界》论述影响尤大。我说自己一是学术外行,二是这样的写法未免过于通俗,实在难为情,再说并无他的具体地址。振才兄就说,地址他好打听,我把书留下,他会帮我寄去。偏那时我手头只剩两本自用的书了,更加犹豫起来。振才兄说就寄这两本去吧。那是我临上机场归国之前,也没找到像样的信纸,就拆开一个信封,写了几句话,大意是不敢奢望他能翻阅指教,只是藉此表达我对他的仰慕,夹到书里,交振才兄付寄。

我5月下旬回国,7月中旬忽然收到余先生亲笔来信,如下:

心武先生:

　　两周前收到梅振才先生转寄大作《揭秘》二册,喜出望外。先生近来为"红学"最受欢迎的作家,以周汝昌先生考证为始点,运用文学家的高远想象力,从"红学"、"曹学"中开辟新园地,创造了前人所不知的"秦学"。全书思入微茫,处处引人入胜,钦佩之至。所赠两册为先生自用本,改正误字,更这封信表达出余英时这位著名学者对一个外行爱好者的尝试性研究的尊重、理解与宽容。他未必赞同我的红学观点，却鼓励我"开辟新园地"。

为可贵。英时自当珍藏之，时时入目，以重温旧梦也。英时早年亦酷好《红楼梦》，尝妄有论述，其实不值识者一笑。中岁以后，忙于本业，早已成"红学"之落伍逃兵矣。今后惟盼作一普通读者，尤盼先生能时时有新著，一新耳目。先生著述宏丰，今后倘有论著关于中国文化史、文学史者，尚乞见示，以便早日收购。至感至感。专此拜复，并致最深挚之谢忱。

　　　谅不一一　　敬问

　　　撰安

　　　　　　　　　　　　余英时拜上

　　　　　　　　　　　　零六、六、廿九

　　余先生竟然百忙中翻看了我这样一个外行人写的两本书，这让我大喜过望。这边有的专家批判我，其实并没有去读我的书，只是远远一望，就觉得我大逆不道，必欲排除而后快。余先生耐下心读了我的书，他的肯定语是"全书思入微茫，处处引人入胜"，这不是随便夸奖的客气话，据了解余先生的人士告诉我，他是从不随意拿便宜话客气话敷衍人的，这说明他看出我使用的研究方法是"文本细读"，并且使用了通俗化的类似推理小说的文本策略。这边有人给我贴标签，说我是"新索隐派"，标签无妨贴，但恳请通读了我的书后再斟酌一个恰切的。余先生对我的论述一语道破："以周汝昌先生考证为始点，运用文学家的高远想象力，从'红学'、'曹学'中开辟新园地，创造了前人所不知的'秦学'。"读过余先生的红学著作就能知道，他与周先生的观点不仅不同，相碰撞处还颇多，我"以周汝昌先生考证为始点"，哪能瞒过他的眼睛，而我使用的"原型研究"方法，"文学家的高远想象力"常常占了上风，也是事实，他绝不随便肯定我和否定我，给我准确定位后，他说我"创造了前人所不知的'秦学'"，其实这是一种中性的判断语气——承认有独创性，但也有待人们的进一步检验——表达出一个学术大师对一个外行爱好者的尝试性研究的尊重、理解与宽容。他未必赞同，却鼓励我"开辟新园地"，这是多么博大的学术襟怀！

　　我通过在美国的朋友征得余先生的同意，将他给我的这封信在上海《文汇报》刊出，也转去了报社的稿费，他收到了。有人说，余英时的信不过是表示客气罢了。坦率地说，就算仅仅是客气，我的心灵需要这种客气的滋润。愿我们所置身的人文环境中，今后能少些<u>直</u>至涤荡掉挟政治构陷的行帮霸气,多<u>些</u>容纳歧见与人为善的真诚客气。

从美国回来,又<u>应</u>邀去香港参加了书展活动。邀请方在西式宴请长桌边安排座位时,把我的座位正好对着金庸先生的座位。互相问好后,金庸先生对我说:"刘心武,我同意你对秦可卿的分析。"我一时无语,他以为我没有听清,就提高声量又说了一遍。我心里暖暖的。金先生那样对我说应该不是客气吧? 书展期间,有天我正往展厅里走,忽然对面一个人跑过来,身量比我矮,胖墩墩的,未开言,一把将我搂住,旁边的人忙给我介绍,原来是倪匡,他在书展上受读者欢迎的程度,那我简直不能相比的,他乐呵呵地说:"刘心武,见到你好高兴!《红楼梦》我从小就读,只觉得秦可卿古怪,就没想到你那个思路上去! 你的揭秘太好啦! 我完全信服! 完全信服!"这次邂逅当然也挺给我提气。

从香港回到北京,就又<u>应</u>《百家讲坛》邀请,去续录节目。

到 2010 年,原先《百家讲坛》的制片人聂<u>丛丛</u>女士,又和最早剪辑《〈红楼梦〉六人谈》的那个女编导——她已经结婚并且怀孕——找到我,录制了《〈红楼梦〉的真故事》系列,这样加起来,我总共在《百家讲坛》录制播出了 61 集讲《红楼梦》的节目。2011 年年初,我又推出了《刘心武续红楼梦》二十八回。虽然就社会反响而言依然是沸沸扬扬,而且弹多赞少,但有人注意到,红学所的官员专家和红学会的领导没有人出来发声,只有个别的红学会会员和大学教授出来批判——我觉得他们的意见里有不少值得我认真考虑的——有人来问我:"那二位为什么不继续抨击电视台和你形成社会文化混乱、扰乱了文学艺术的研究方向?"这问题我当然答不出来。

　　我想,我人生中关于《红楼梦》的风浪,应该是大体穿越过去了吧? 2012 年,我该可以静下心来,写回忆录了。

　　　　　　　　　　　　　　2011 年 9 月 22 日　绿叶居

附：我续《红楼梦》

一、关于回目音韵及词性对应问题

曹雪芹的《红楼梦》大体完成，但未及最后统稿，传世的手抄本同一回的回目经常出现差异，各种通行本的回目亦不尽相同。

曹雪芹的《红楼梦》回目不以那时人们熟悉的七言拟就，而是以两句八言对应，别开生面，具有鲜明的独创性。其中最为人称道的是第十九回："情切切良宵花解语　意绵绵静日玉生香"，取3/2/3的节奏，上下句平仄声韵及词性无不严格对应，上句中"花"点出袭人，下句中"玉"正合黛玉，而袭、黛的性格与这回故事里的表现也都诗意盎然地传达了出来。但曹雪芹在回目上并不一味追求工整，在八言节奏上，虽然3/2/3居多，却也灵活多变，如"手足耽耽小动唇舌　不肖种种大承笞挞"是4/4的节奏，"撕扇子作千金一笑　因麒麟伏白首双星"是3/1/4的节奏，等等。就平仄音韵而言，以第一回为例："甄士隐梦幻识通灵　贾雨村风尘怀闺

秀"，如果硬要挑剔，则"识通灵""怀闺秀"中的"通""闺"不应均为
平声，下句若改为"闺秀"似乎更为"妥帖"，但所有古抄本和通行
本均保持"闺秀"，就说明曹雪芹在回目上绝不胶柱鼓瑟。请注意
曹雪芹所写的第四十八回里黛玉跟香菱传授作诗三昧时所说的：
"词句究竟还是末事，第一是立意要紧，若意趣真了，连词句不用
修饰自是好的，这叫作不以词害意。"曹雪芹在拟回目时就是奉行
"不以词害意"的原则的。他所考虑的主要是如何将回中所写内
容准确地加以概括，并不在平仄声韵和词性对应上去刻意求得精
确，最明显的例子是第三十回的回目"宝钗借扇机带双敲　椿龄
画蔷痴及局外"（有的本子椿龄作龄官或椿灵），如何确定其节奏？
如认为是 4/4，则"宝钗借扇/机带双敲"就与回里所写不对榫，这
回里所写的是丫头靓儿去问宝钗是否藏了她的扇子，而非宝钗问
谁借扇子；"机带双敲"更欠通顺；似应把节奏理解为 2/3/3 才对：
宝钗/借扇机（借靓儿问扇子的机会）/（针对宝玉黛玉在话语里）
带双敲，但下句若也按 2/3/3 理解，就成了：椿龄/画蔷痴/及局
外，总不如按 4/4 的节奏理解来得顺畅：椿龄画蔷/痴及局外。总
之，第三十回的回目如果非要以严格的对应标准去衡量，从节奏
上来说就有问题，更何况声韵及词性对应方面挑剔起来也有问
题。但若"不以词害意"地来读这个回目，则会觉得十分恰切，也
颇为上口。再如第四十九回"琉璃世界白雪红梅　脂粉香娃割腥
啖膻"，不去欣赏回中内容，只一味要求其"工整"，则"白雪红梅"
与"割腥啖膻"词性全然不对，前者是形容词加名词的重复，后者
是动词加形容词的重复，似乎应予"订正"，请问：难道这个回目就
回中内容而言，不贴切吗？回目本身的色彩、意蕴，不优美别致

吗？当然，欣赏《红楼梦》前八十回也是仁者见仁、智者见智，有论家认为不应以成语入回目，但曹雪芹回目里也屡用成语，如"千金一笑""手足耽耽""投鼠忌器"等等，最明显的例子是第四十四回"变生不测凤姐泼醋　喜出望外平儿理妆"，另外第三十九回通行本回目多作"村姥姥是信口开河　情哥哥偏寻根究底"，似乎也很能被多数读者接受。有位论家认为前八十回里最好的回目是第二十七回："滴翠亭杨妃戏彩蝶　埋香冢飞燕泣残红"，建议续书回目应以此为圭臬，但周汝昌先生却认为这是最差的一个回目，以"杨妃""飞燕"喻钗黛俗不可耐，且书里明写了宝钗对人拿杨妃比她深痛恶绝；周先生指出，有的本子第二十七回"飞燕"或作"飞尘"或空白着，应是保留下了当年曹雪芹和脂砚斋对那一回回目未臻完善继续推敲的痕迹。

我续《红楼梦》，在拟回目时，时时比照前八十回的回目，节奏上除3/2/3外，亦有4/4、3/1/4，甚至有5/3："玻璃大围屏酿和番　腊油冻佛手埋奇祸"，在音韵和词性上尽量上下句对应，却还总以精确概括回中内容为要。惭愧的是我未能想出"情切切良宵花解语　意绵绵静日玉生香"那样的妙句来。

二、八十回后的诗词

前八十回里，曹雪芹代书中人物写了许多诗，给读者以口角噙香、心窝漾酒的审美愉悦。有朋友一听说我从八十回后续《红楼梦》，就问我在续书里究竟写了多少诗？及至拿到拙续，粗略一翻，就嫌诗少。

曹雪芹是大体上写完了《红楼梦》的。从现存古抄本状况上看，可知曹雪芹往往是先写出叙述性文字，然后再往里补充诗词。第二十二回的灯谜诗，他还没写全，现在大家从一百二十回通行本里所看到的"全貌"，应该是后来由别人补上的。第七十五回脂砚斋明确记载着："缺中秋诗，俟雪芹。"那一回里缺宝玉、贾环、贾兰各一首吟中秋的诗，从回目"赏中秋新词得佳谶"上去估计，其中一首诗还要成为"佳谶"，就是埋伏下一个好的预言，这是特别值得推敲的，故事发展到那个阶段贾氏家族已经危机四伏，大限渐近，怎么还会"新词成佳谶"？写诗的三个人里，宝玉最后会"悬崖撒手"，贾兰会爵禄高登而遭丧母之痛，他们的命运在前面的文字里已经预言得很明确，似乎用不着再在这回里通过一首诗来暗示，何况出家与丧母也绝非"佳况"，那么，难道是贾环的诗里有关于他最后反而得意的"佳谶"？这回里写贾赦看了贾环的诗以后立即表态，读来十分古怪："这诗据我看甚是有气骨……不失咱们侯门气派……以后就这样做去，方是咱们的口气，将来这世袭的前程，定跑不了你袭呢。"按书里前面交代，贾政并未袭爵，荣国府袭爵的是贾赦，头衔是一等将军，贾赦如果死了，皇帝还让荣国府后代袭爵，首先应该轮到贾琏，贾琏还有一个亲弟弟贾琮，即使那时候皇帝要让贾政的后代来袭，也应该是宝玉占先，怎么贾赦会拍着贾环的头将那"佳谶"明确表达为"将来这世袭的前程定跑不了你袭呢"？可见这不是废文赘语，应该是一个远伏笔，贾环在遥远的将来竟果然能获得"世袭前程"，我在续书第一百零七回里照应了一笔,盼细心的读者能够注意。

有我热心的粉丝(他们自称"柳丝")作了一个统计,告诉我说,她查了高鹗四十回续书的诗词韵语,包括第八十七回里薛宝钗信函最后的骚体感叹,黛玉抚琴时的歌咏,凡一顿就算一句,以及"千古艰难惟一死,伤心岂独息夫人"等引用前人的句子,统统加起来,共 106 句,平均每回 2.65 句。而我续书里的诗词曲和联语等共 145 句,平均每回约 5.2 句,远比高鹗为多。高续真正的诗只有四首,计薛蝌、宝玉、贾环、贾兰各一首。她的意思是为我辩护:为什么高续长达 40 回而诗歌很少一些读者能够容忍,而刘续只 28 回却有超过高续的诗句,却被挑剔?

其实我的续书里也有些诗和曲是借用前人的,不过我自己写的也有百句以上。我无从判断曹雪芹已写完而又迷失的后 28 回里究竟有多少诗词歌赋,但我写出来的,皆是根据曹雪芹在前 80回里设下伏笔,或脂砚斋在批语里明确提到的。第六十四回,黛玉有五首《五美吟》,脂砚斋有批语:"《五美吟》与后《十独吟》对照。"按我的理解,能跟黛玉抗衡的诗人,宝钗要排第一,而黛玉仙逝后,宝钗嫁了宝玉,她总不忘劝宝玉读圣贤书去参加科举谋求功名,"借词含讽谏",终于逼得宝玉离家出走去当和尚,宝玉隐遁后,宝钗陷于大苦闷,遂以十个历史上确实存在过,或前人创造出的人物,写成十首《十独吟》,来抒发自己的郁闷,并通过诗句期盼宝玉终于会回归。我在续书第九十二回"霰宝玉晨往五台山 雪宝钗夜成十独吟"里完成了与前面第六十四回的"对照"。第七十回是大观园众诗友分填柳絮词,曹雪芹故意写成宝玉拈了《蝶恋花》

的词牌却未能交卷,这应该又是一个伏笔。八十回后宝玉一定会填一阕《蝶恋花》,金陵十二钗里谁和蝴蝶有关系?滴翠亭宝钗扑蝶是人们印象都深的,故此我在续书第九十四回里,写甄宝玉送回贾宝玉后,贾宝玉面临宝钗的死亡,百感交集,遂填成《蝶恋花》。《红楼梦》开篇后书里人物贾雨村写了一首中秋诗,脂砚斋因为看全了曹雪芹的文稿,就批道:"用中秋诗起,用中秋诗收。"就是说全书最后一首人物咏的诗,也应该是中秋诗。我据此提示,寻踪蹑迹,不敢稍加穿凿,在续书第一百零六回安排了宝玉和湘云的中秋联句共二十二韵。在第一百零八回里我还拟了19句《莲花落》,但那不是诗而是俚曲。

三、"白茫茫"与"死光光"

我的续书出来以后,若干读者评家对前八十回里的许多人物在续书中陆续死亡的写法难以接受,发出这样的质问:难道"白茫茫"就是"死光光"吗?

"好一似食尽鸟投林,落了片白茫茫大地真干净!"这是曹雪芹在第五回里明确写下的预言,就是说书里的贾、史、王、薛四大家族最后会完全、彻底地败落,呈现"白茫茫"的荒凉景象。高鹗违背了曹雪芹的原笔原意,在他的四十回续书最后写的是贾家"沐皇恩"、"复世职"、"延世泽",他写了白茫茫的雪地上,出了家的宝玉披着大红猩猩毡的斗篷,跪到贾政的面前,景象可与贾府盛时那"琉璃世界白雪红梅"的华美安谧媲美，在他笔下，悲剧逆转为喜剧，抗拒社会主流价值的宝玉与恪守社会主流价值的父亲一跪泯冲突。

曹雪芹已经写出而又迷失的后二十八回里，会写到书中诸多人物的死亡吗？经过我对前八十回的文本细读、考据探佚，结论是肯定的。若干读者评家对我续书里集中写到薛家一家三口接踵死亡特别不能接受，也许我在薛蟠、薛姨妈、薛宝钗的死亡过程确实安排得太密集了，曹雪芹原笔未必如此，但曹雪芹原意，根据我的理解，就是要让薛家的这三个人物相继死去。

不少人把曹雪芹的前八十回文本比喻成"断臂维纳斯"，强调不允许任何人通过"接臂"来破坏其"想象空间"。但我发现有的说这个话的人士，并未真正仔细欣赏过"断臂维纳斯"。比如我告诉一位媒体人士："曹雪芹没有写过'天上掉下个林妹妹'这么个句子。"他大吃一惊："是吗？"我就告诉他，"天上掉下个林妹妹"是上世纪60年代上海越剧院改编演出的越剧《红楼梦》里的一句唱词，其著作权属于编剧徐进。这就说明，许多人心目中的"断臂维纳斯"，其实并非曹雪芹的前八十回文本，而是电视剧、电影、舞台演出、小人书等转化物。有人见我续书里写了黛玉、宝玉先后升到天界，嘲笑道"魔幻续书"，一细问，原来他就并未仔细读过曹雪芹写的第一回，第一回前半回"甄士隐梦幻识通灵"里明明白白写了宝、黛是天界的神瑛侍者和绛珠仙草，他们相继由警幻仙姑安排下凡，他们乃天上神仙是曹雪芹的设定，怎么会是我以"魔幻"笔法杜撰出来的呢？这就说明，若要真正维护"断臂维纳斯"，那就请去仔细通读曹雪芹的前八十回《红楼梦》。

根据《红楼梦》改编的作品，不可能将曹雪芹前八十回里的所有内容展现，这是可以理解的。但口口声声要维护"断臂维纳斯"的人士，却并不能仔细阅读曹雪芹的前八十回，则令人遗憾。

曹雪芹会怎样在八十回后去书写四大家族的陨灭？死亡是不是事件的核心？在第八回，他写到宝玉和宝钗互相交换观看各自的佩带物（通灵宝玉和金锁），这时候他就写下了一首诗，这首诗的最后两句是："白骨如山忘姓氏，无非公子与红妆！"请问：这是随便写下的吗？不写在别处，写在宝钗给宝玉看金锁的地方，是随意的吗？如果曹雪芹的文笔如此随意，尽写些并非伏笔、预言的废文赘句，那算得经典吗？能用"断臂维纳斯"来比喻吗？我以为，曹雪芹在贾、薛家族处境尚旺盛时，写下这样的预言，就说明他将在八十回后，要描绘出一个大悲剧的结局，那是以前中国所有文字里不曾有过的彻底的大悲剧，是对那以前中国人习惯于大团圆的审美定势的一个大突破！"白骨如山"不是"死光光"也是"死多多"吧？有的人士总不忍心宝钗死亡，觉得让她守寡不也就行了吗？按高鹗的那种贾氏"延世泽"的写法，她当然可以守寡，可是我们明明从脂砚斋批语里知道，曹雪芹八十回后要写到宝玉进了监狱，有狱神庙里茜雪慰宝玉等情节，若宝玉入监时宝钗未死，她是要被牵去发售的，若有那样的描写，不忍心宝钗抑郁而死的人士，就于心可忍了吗？

曹雪芹祖父曹寅，是康熙皇帝的"发小"，可谓"手足情深"，康熙朝曹家深受皇帝宠爱,到雍正朝,遭到打击,但也还有一些档案可查,但是到乾隆朝"弘晳逆案"后,被株连到的曹家被连根拔除,却又不留一字档案,从曹寅到曹雪芹不过祖孙三代,却家谱中断,以至今天我们连究竟有没有曹雪芹这么一个人,都还要艰苦论证,"白骨如山"而且"忘姓氏",这惨痛的家族"真事",便"隐"于"假语"而巧妙地"存"了下来,欣赏"断臂维纳斯",若不入《红楼梦》文本真昧,岂非瞎子摸象乎?

四、关于黛玉沉湖

高鹗的四十回续书得以从乾隆朝流传至今,有好几个因素,其中一个因素是他将前八十回里设定的大悲剧结局逆转为经小悲而大喜,使其文本维系在封建统治者的容忍度内,据说乾隆皇帝看了《红楼梦》以后有句评语:"此盖为明珠家作也!"乾隆是最早的索隐派,他把故事的依托推前到他祖爷爷顺治那个时代,也就等于免除了《红楼梦》一书影射康、雍、乾三朝,特别是他当政时期的"现行罪",他对《红楼梦》放了一马,以致后来皇家印刷机构武英殿也印制了一百二十回的《红楼梦》,到晚清紫禁城里更出现了《红楼梦》壁画。另一个因素是高续对黛玉之死的描写文笔细腻优美,"苦绛珠魂归离恨天"赚取了二百多年来无数读者的眼泪,在各种形式的改编里,黛玉焚稿断痴情的情节总会保留且大加渲染。

　　我的续书里，安排黛玉的归宿是沉湖仙遁、回归天界。我的文笔难逮高鹗，但我为什么坚持黛玉沉湖的看法？

　　有的记者采访我时，以及有的读者评议时，以为黛玉沉湖是我的"荒唐杜撰"，这倒无所谓，但紧跟着却又说："你如此荒唐的想象，不知周汝昌老先生将如何评价？"他们就完全不知道，黛玉沉湖，乃是周汝昌前辈早在二十几年前就提出的一个学术观点，据他考证，在曹雪芹已经写出却又迷失的八十回后文字里，黛玉就是沉塘仙遁。我关于《红楼梦》的探秘、探佚，包括写续书，得到周老大力鼓励、支持，我们的对《红楼梦》的理解上，可谓大同小异，我其实是在不断地将周老的学术研究成果放大化、通俗化，起到普及、推广的作用。有的红学专家、权威之不能容忍我，其实是久不能容忍周老，见我竟将周老许多观点放大推广，气不打一处来。其实周老也好，我也好，都只是一家之言，仅供大家参考罢了，若问为什么我将周老的观点讲出写出后产生出较大反响，而某些红学官员、专家、权威的影响不怎么彰显，则需要旁观者来进行分析，道出原因。

　　周老早在1984年就发表了颇长的论文《冷月寒塘赋宓妃——黛玉夭折于何时何地何因》，详细论证了黛玉在曹雪芹笔下应是沉塘的结局。在后来他一系列著作如《红楼梦的真故事》里，也一再重复、细化、深化他的研究成果。我认同他的基本看法，在自己于中央电视台《百家讲坛》关于黛玉的讲座，以及相关的《揭秘〈红楼梦〉》的书中，都辟专讲论述了这方面的研究心得，大家可以找来光盘、视频、书籍查看，这里不赘述。

　　根据周老的研究,黛玉沉湖应是在中秋之夜。我原来在这个具体时间上也是认同的。但在续书的过程里,我必须排出事件发展的时序,从贾元春省亲算起,到第八十回,应该已经是那以后的第三个年头的秋天,"三春去后诸芳尽,各自须寻各自门",从八十一回起,当然就必须去写"诸芳"或死亡或出家或远嫁等等结局,而且必然会从"第三春(年)"的秋天写到冬天,进入"四春(第四年)",这一年里四大家族要遭遇沉重打击,悲剧事件接踵而至,根据曹雪芹前八十回里的伏笔,以及脂砚斋、畸笏叟批语里的透露、抖搂,倘若把黛玉仙遁安排在这一年中秋,则中秋后到入冬落雪只有两三个月的时间,若把二宝成婚、贾宝玉第一次出家而又被甄宝玉送回等情节挤放在三个月内,殊难成立,故我采取变通的办法,安排黛玉在端午月圆夜沉湖,这样既不违背前八十回伏笔,又为上述家族巨变的情节舒展出足够的时间。我的续书时序上结束在元妃省亲后的"第六春(年)",这一年的中秋,我遵照脂砚斋在第一回里"用中秋诗起,用中秋诗收"的提示,安排了宝玉、湘云二人在流浪中联句的情节。

　　附带说几句:多有传媒、评家把周老和我的研究归于索隐派(有的又误说成"索引派"),百多年来红学发展中确有索隐派,以蔡元培等为代表,这一派认为《红楼梦》是部悼明之亡、揭清之失的书,将书中人物分别与明末清初的历史人物如马士英、阮大铖、钱谦益、陈圆圆、柳如是等对号,近来台湾仍有红学家推出索隐派大著。周老和我则是考据派,即认为《红楼梦》的"假语"里有"真事"存在,"真事"就是曹雪芹家族及相关家族在康、雍、乾三朝权力斗争中的浮沉。

五、哪里来的小吉祥儿?

有的读者评家希望在我的续书里看到宝玉、黛玉的爱情故事，结果发现黛玉在第八十六回就沉湖仙遁了，大失所望。我关于黛玉结局的笔墨确实存在不足，但是必须跟大家交代明白，就是从曹雪芹的八十回《红楼梦》文本来看，第一，不能认为《红楼梦》是一部爱情小说，八十回里有大量篇幅写到爱情以外的故事，以金陵十二钗正册里的人物来说，贾元春、贾迎春、贾探春、贾惜春这"四春"的故事，就都不是什么爱情故事，然而都非常重要，引发出读者"原应叹息"的深长喟叹；王熙凤的故事里有些涉及情色，但也非爱情故事；史湘云、李纨、妙玉、巧姐的故事里没有爱情；秦可卿的故事十分诡谲，其与贾珍的暧昧关系一般人难以想象有爱情成分；只有黛玉明爱、宝钗暗恋宝玉的故事及所构成的三角关系，才是正经描述的爱情文字。更不要说八十回文本里还有许多其他女子的故事，如晴雯撕扇、鸳鸯抗婚、平儿理妆、香菱换裙、宝琴写诗、尤氏操办凤姐生日活动……等等，都表现着社会生活及个体生命的其他方面。更何况书里还写了许多男性，大多也不写他们的情爱而写他们的其他活动，折射出那个社会的人情世故、宦海浮沉。第二，就以爱情笔墨而言，曹雪芹在前八十回里也不仅仅是写了宝、黛的爱情，他还浓墨重彩地写了贾芸和小红的爱情、贾蔷和龄官的爱情（都是上了回目的），还有秦钟和智能儿的爱情、司棋与潘又安的爱情、焙茗与卍儿的爱情……

如果你真是静心欣赏"断臂维纳斯"即曹雪芹的八十回文本，你就会发现，虽然在前四十回里曹雪芹运足了气力来写宝、黛的铭心刻骨的爱情，以及黛、钗与宝玉的三角纠葛，但是到第四十九回写到薛宝琴、邢岫烟、李纹、李绮四位亲戚女性到贾府以后，曹雪芹他就将宝、黛的爱情以及宝、黛、钗的三角关系郑重地作了一个收束，黛玉不再对宝钗猜忌，宝琴进府后获得贾母宠爱，吃醋并说出酸话的不是黛玉而是宝钗，黛玉对宝钗、宝琴以亲姐妹相待，以至宝玉反觉纳闷，问"是几时孟光接了梁鸿案"？宝、黛的爱情故事从此不是书里的主体了。根据第一回里的神话设计，黛玉作为绛珠仙草下凡，是要用一生的眼泪，来偿还作为神瑛侍者下凡的宝玉当年对她浇灌甘露的恩德，而在第四十九回，"断臂维纳斯"上的文字就明明白白地写出来，黛玉眼泪无多了，也就是意味着她的"还泪"之旅接近了尽头。再往下看，其后只有第五十七回，写"慧紫鹃情辞试忙玉"，算是涉及宝、黛爱情的最后一个波澜，但内容却已经不是黛玉对宝玉"情重愈斟情"，黛玉此时对宝玉并无猜忌也没有闹小性子，是紫鹃关于林家要来接走黛玉这个话头，引发出宝玉单方面情感大爆发。即使把第一回到第五十七回全算成"宝、黛的爱情故事"，那么，"断臂维纳斯"身上的后二十三回里全然没有宝、黛的爱情描写了，约占八十回的三分之一，请问，怎么能把曹雪芹的《红楼梦》理解成一部"写宝玉和黛玉爱情故事的小说"呢？又怎么能期盼曹雪芹写出的八十回后的故事里，仍是些关于宝、黛的缠绵悱恻的文字呢？

我在续书里，将前八十回里的许多角色延续下来，写他们不

同的命运。有的读者因为没有认真阅读过前八十回，因此误认为
那些人物乃我随意杜撰。比如续书里出现了黛玉丫头雪雁和赵姨
娘丫头小吉祥儿的涉及绫缎袄子的对话及后来雪雁救出小吉祥
儿的情节，有的读者就很以为小吉祥儿是我杜撰出来的，他们觉
得《红楼梦》里只该有宝、黛的爱情故事，离开了宝、黛、钗写别的
角色便读来"眼生"。曹雪芹在第五十七回里用几百字写了雪雁，
赵姨娘要带小丫头小吉祥儿去参加她兄弟的葬礼，自己有月白绫
袄，怕弄脏了，就问雪雁借，雪雁是小时随黛玉从江南来到贾府
的，在贾府无根，赵姨娘他们"柿子捡软的捏"，要穿她的去，进府
时一团孩气的雪雁，在生活中磨练出来了，她巧妙地推托掉，并总
结出这样的人生经验："只是我想，他素日里有什么好处到咱们跟
前？"在艰辛的生存中，终于懂得了如何以等价交换来维护自己那
小小的利益。欣赏"断臂维纳斯"，如果不能读出曹雪芹赋予这些
配角、小人物的内涵丰富的笔墨，那可太遗憾了。因此，如果觉得
我在续书里关于宝、黛、钗、湘以外的诸如小红、雪雁、小吉祥儿、
莺儿、坠儿、茜雪、靛儿、卍儿、红衣女、二丫头……的描写看去不
舒服，那么，请您重读曹雪芹的前八十回，将关于这些人物的相关
文字细加品味，总该获得些特殊的审美感悟吧？

六、八十回后的贾宝玉

若把曹雪芹传世的八十回《红楼梦》比喻为"断臂维纳斯"，则

程伟元、高鹗在二百二十年前攒出的一百二十回《红楼梦》则应比喻为"接上胳膊的维纳斯"，其后四十回"接臂"最大的败笔，是歪曲了曹雪芹在前八十回里辛辛苦苦塑造出来的贾宝玉这个艺术形象。历来多有读者对此不满，故而将高鹗的"接臂"卸下，试着换一种能与前八十回对榫的胳臂的想法，早就大有人在，已故作家端木蕻良，就亲口跟我说过，他就想从曹雪芹的八十回后续至一百一十回。

曹雪芹笔下的贾宝玉排拒仕途经济，痛恨国贼禄蠹，把科举考试畏为毒药，将功名利禄视作粪土，他从不进入主流话语，有自己一套独特的具有叛逆性的思维和语言，有着博大的"情不情"的胸襟，"情不情"是曹雪芹在八十回后的《情榜》里对贾宝玉的考语，在前八十回的古抄本里，脂砚斋在批语里不止一次加以了引用，"情不情"的第一个"情"字是动词，第二个"情"字是名词，意思是宝玉他以爱心对待天地万物，连对他无情的存在，他也能以真情相待。可是在高鹗续书里，宝玉奉严词两番入家塾，从不喜欢八股文到认真地接受塾师、父亲指导，一股股地认真往下作；他又给侄女儿开讲《列女传》，连"曹妇割鼻"那样的血淋淋的"守节楷模"也推荐给巧姐儿；他最后还进入考场，不负家族重望，中了举人，这才去出家，出了家还要找到父亲乘坐的客船，跪下与父亲和解地告别，并给家族留下后代，使贾氏最后"兰桂齐芳"。有人说，不管怎样，高鹗对前八十回里所写的宝、黛爱情这条情节线索还是延续得不错的，毕竟也保持了一个悲剧的结局，令人扼腕唏嘘，这固然是他续书的一个优点，但他偏要写出不仅宝玉自己接受了八股文，连黛玉也支持宝玉去写八股文，这就把前八十回里曹雪芹所写出的宝、黛爱情的思想基础给釜底抽薪了，这样的宝玉，还是曹雪芹笔下的那个宝玉吗？这样的黛玉，还是前八十回里的那个独不劝宝玉去立身扬名的黛玉吗？宝、黛没有了共同的具有叛逆性价值观的爱情，纵使写来也颇缠绵悱恻，还是"断臂维纳斯"所呈现的那种富有深刻内涵的爱情吗？

　　我续《红楼梦》，一个大志向，就是要将曹雪芹在前八十回里所塑造的贾宝玉这一艺术形象，不仅要正确地延续下去，还要力争能够将其人格光辉加以弘扬。曹雪芹笔下的宝玉"五毒不识"，他不懂得什么叫做害人，贾环故意推倒滚烫的蜡烛想烫瞎他的眼睛，他真诚地以为那不过是大意失手，我在续书里安排了宝玉离家遇到强盗的情节，他不懂何为抢劫，主动把银子交给抢劫者；后来家府败落，宝玉与贾环、贾琮软禁在一处，环琮欺侮他，他却以德报怨；及至入了监狱，同狱有个杀人犯，刑讯后浑身血迹，他小心翼翼地给那"不情"者揩血，同监的要喂那人凉水，他知失血过多猛饮凉水会导致死亡，加以阻止。曹雪芹笔下的宝玉永葆赤子之心，我在续书里就写他如何以童真待人，他总是时时检讨自己，而去努力理解、关爱别人，他在流浪中遇到坠儿，坠儿是因为偷了平儿的虾须镯，败露后被撵出贾府的，当时宝玉还为坠儿的"丑事"而生气，但当与他邂逅的坠儿道出当年做那事的动机，是为自己将来被拉出去配小子时，多获得一点自主权时，他心内就后悔当年错鄙了这个小小的生命……曹雪芹笔下的宝玉特别看重社会边缘人，我续书里写他和湘云与花子们共处，在极端贫寒中亦享受到人生的快乐。我延续了前八十回里宝玉、宝钗之间在相互爱慕时难免因价值观不同产生龃龉的写法，写到他与宝钗从对

"和光同尘"的理解上展开的辩驳,我把他第一次出家的原因解释为宝钗瞒着他为他谋得了国子监生员资格,又逼他去国子监就范,实在是忍无可忍,才弃家前往五台山;最后他已"王孙瘦损骨嶙峋",在雪天里与北静王邂逅,后来引发出他对湘云就"世法平等"的阐释……凡此种种,都凝聚着我的苦心,就是要去除高鹗对八十回后宝玉的歪曲,力图还曹雪芹八十回后宝玉形象的清白。我的续书也许确实很拙,但如果能唤起读者对曹雪芹前八十回里关于宝玉形象的再研读、再思考,不再让高续四十回里的宝玉形象败坏读者对曹雪芹的宝玉形象的欣赏,则心满意足矣!

七、进 入 曹 体

　　续书的最大困难是进入曹雪芹的文体。如果不进入曹体,就用当今的小说文体来写,那当然便当得多。实际上周汝昌先生早用随笔形式写出过《红楼梦的真故事》,我根据央视《百家讲坛》讲座整理成书的《〈红楼梦〉八十回后真故事》也可以视为一种以讲谈方式完成的叙说。但真要续《红楼梦》,那就必须努力进入曹体,以使八十一回以后的文本跟前八十回多少能产生些相接相衔的阅读感觉。

　　我早在十几年前就写出过《秦可卿之死》《贾元春之死》《妙玉之死》的小说,是体现我"秦学"研究成果的一种比较生动的方式。曹雪芹的《红楼梦》的文本特点是"真事隐"去却又以"假语存"。

在表面的贵族家庭生活图景和公子红妆闺友闺情的描述后面，确实存在着康、雍、乾三朝权力博弈的巨大阴影，书中如"义忠亲王老千岁""坏了事"，"双悬日月照乾坤"，"潢海铁网山"，"乘槎待帝孙"，凤姐避过文书彩明让宝玉代写无上下款的礼单……等等文本现象，都是阴影的投射，到第七十五回干脆明写甄家遭皇帝抄家，来了几个女人，气色不成气色，竟然跑到荣国府来藏匿罪产，可见八十回后必然写到，因宁荣二府在皇权斗争的"虎兕相逢"中受牵连，阴云化作雷电暴雨，忽喇喇大厦倾，家亡人散各奔腾。但是，我的关于秦可卿、贾元春的小说，是把《红楼梦》文本背后的隐秘挑明了来写，只具有帮助读者把曹雪芹以"假语"隐存的"真事"加以领悟的参考价值，并不能视为续作。

　　曹雪芹的前八十回文本，尽管隐含着康、雍、乾三朝的权力斗争（特别是乾隆朝的"弘晳逆案"），但在文体把握上，他故意模糊地域邦国和朝代纪年，他故意交代书里的皇帝上面还有太上皇，其实从顺治入主北京到曹雪芹写书的乾隆初期，清朝的皇帝上面都不曾有过太上皇；书里对男子的描写回避薙发留辫（所写的宝玉发辫并非清朝男子的样式）；写女子的服饰虽颇细致却绝无旗袍、两把头、花盆底鞋的描写；对贵族的称呼里绝无贝勒、贝子、格格等字样出现；书中女性各自究竟是大脚还是小脚？除尤三姐等个别角色加以点明，一般都很模糊（清代旗人女子皆为大脚）……有人担心我会把续书写成清朝的宫闱秘史，我怎么会那样写呢？我的续书进入曹体，第一步，就是要延续曹雪芹那"写清而不言清"的曲笔。

　　曹雪芹前八十回里正面写的都是贾府里主子奴才的日常生

活,延伸到社会上,写到市井泼皮倪二、花袭人的哥哥和两姨姐妹(红衣女)、金寡妇和她的儿子金荣、二丫头……等等,皇族权力斗争只作为背景云龙隐现,我在续书里根据前八十回伏笔和脂砚斋批语,觉得曹雪芹在八十回后会写到"虎兕相搏"、"龙斗阵云销"、"射圃"等权力斗争,却也估计到他势必还是尽量暗写,因此,我在续书里也主要是写前八十回里那些主子、奴才、亲族、社会边缘人的生活流,只用了两回来写"月派"和"日派"的生死搏击,并且用了旁人道及的方式。实际上曹雪芹在前八十回里就经常用配角道及的侧写方式来表达最主要的内容,如傅试家的两个婆子议论宝玉的"呆气",春燕引述宝玉关于女儿未出嫁是宝珠,出嫁后先失光彩,最后变成鱼眼睛的"三段论",以及贾赦通过贾雨村霸占石呆子稀世古扇并非正面描写,而是通过平儿向宝钗道出,等等,这种写法也是曹体的精髓,我续写学得不像,但需知这种旁叙侧写的方法并非我的"因陋就简"。

曹雪芹往往忽略人物的表情动作,只写这个道,那个道,一个因笑道,另一个又道,仅通过道来道去,就把人物性格、人际关系、心理活动、丰富意蕴全表达出来了,最明显的例子就是第四十一回栊翠庵品茶那半回,仅仅一千多字,便令妙玉形象活跳纸上。我续书也学这样笔法,但道来道去,读者往往觉得直白乏味,是我努力进入曹体而不得其妙的笨伯表现,但是否也还有数段可称勉为其难,稍可破闷呢?

一般读者评家对曹体的理解,多只局限于具体词句的使用。我已听到若干意见,指出续书里的一些用语是乾隆朝不可能有的,乃现代汉语的语汇。这些批评意见十分宝贵,我会在汇总以后，一一加以辨析，并将在对续书的修订中，择善而从之。此外，考虑到有的读者对前八十回里的伏笔，特别是对古抄本里的脂批不熟悉，我在续书里往往用几句话加以"温习"、"揭橥"，这又令熟悉"断臂维纳斯"的人士指为"蛇足"，确实，倘若找到曹雪芹已写出的八十回后文字，他是断不会"自己提醒自己"的，如何拿捏这种地方的叙述尺度？也需在修订中加以解决。

八、倡读曹红兴更浓

今年6月11日下午，接受了台湾佳音电台苏阔小姐长达45分钟的直播采访，她主持的是一个读书栏目，因为台湾商周出版社已经出版了《刘心武续红楼梦》的繁体字版，新书上市，她希望通过跟我的对谈，能增强台湾读者对续书的兴趣。她提出的第一个问题是："您是如何从质疑和批评的压力下调适过来的？"问得好！本来，续写《红楼梦》不过是我这么一个退休金领取者的个人行为，是为了避免患上老年痴呆症，找些自己喜欢的事情来做——这件事只是其中之一，近两年之所以加速了续写频率与速度，更是因为要超越孤独与寂寞，没想到的是，续书出版以后，似乎成了一桩社会文化公共事件，反响十分强烈，虽然有鼓励和支持的声音，但同时质疑、批评的声浪也相当响亮。所有相关的声音，我都必须听取，所形成的压力，我都理应承受。如何调适心态？唯一的办法就是把自己的位置摆正。

　　摆正位置，也就是清醒地意识到自己的角色定位。我不是专家、教授，不是才子、达人，更不可能是曹雪芹二世，我不可能续得跟曹雪芹写出又丢失的那些文稿一样，不可能形成一个人们普遍立即给予价值认定的精彩文本。我的续书，不过是在《红楼梦》的诸多续作里，又增添了一本而已，出版社将周汝昌先生根据十一个古本整理出的八十回，和我的续作二十八回，合起来出了个一百零八回的本子，也不过是在众多的读本中，给读者多提供了一种选择罢了，不存在着我的续书一出，人们就没办法再读一百二十回程高通行本的威胁，实际上书店里始终在售卖各种不同的《红楼梦》读本，就是一百二十回的本子，除了这些年最流行的红楼梦研究所的校注本，也还有其他数种，如护花主人、大某山民评点的晚清版本，至于古本《红楼梦》，除了影印本，近年来很出了几种当代研究者整理出的校订本。我只是一个崇拜曹雪芹、热爱《红楼梦》的人士，我近二十年来研红，第一阶段是随机发表些心得，第二阶段是聚焦秦可卿，通过对这一角色的探秘，揭示出《红楼梦》"真事隐"而又"假语存"，"草蛇灰线，伏延千里"的文本特征，第三个阶段就进入探佚，即设法将曹雪芹写完而又丢失的后二十八回的内容找回来，最后就大胆运用续书的形式，去力图显现曹雪芹后二十八回可能具有的大体面貌。续书出版后，质疑、批评的声音里，有许多是善意的，而且所提出的问题挑出的毛病，对我是有启发的，我正在搜集整理，思考筛选，以后对续书进行修订，是非常有用的。

　　我研红、续红的最大乐趣，是在这个过程里，促使我反复地阅读欣赏曹雪芹留下的大体为八十回的文本。越读，就越觉得高鹗的续书虽然有某些优点，但是，他起码在三个方面严重违背了曹雪芹的原意。一是他把《红楼梦》变成了一部爱情小说，其实曹雪芹的原书在第四十九回就写到"黛钗合一"，黛玉不再跟宝玉闹别扭也不再猜忌宝钗，那以后只有第五十七回又写了宝黛爱情，但并非是他们互相闹气而是"慧紫鹃情辞试忙玉"，宝玉单方面因误会而发作以至生病，即使按八十回来算，从第五十八回到第八十回，在二十三回里完全不再写宝黛恋情，怎么能认为《红楼梦》就是一部写宝黛爱情和宝、黛、钗婚姻故事的书呢？这个误解的形成，就是因为历来许多人对《红楼梦》的印象，并不来自阅读原本，而是来自舞台演出、电影、电视剧、连环画等衍生品，这些改编的作品里，大都只抽出前八十回里关于宝、黛、钗的三角关系，以及高续中的"调包计"、"焚稿断痴情"、"魂归离恨天"，来构成其主体，像曹雪芹前八十回里辛辛苦苦写出的第五十八回到第六十一回里的那些大观园里丫头、婆子的矛盾冲突，争夺内厨房掌控权的较量，等等，几乎全都省略，其实，那也是《红楼梦》的重要内容，到第七十五回明点出甄家被皇帝治罪派人到贾府藏匿罪产，更说明曹雪芹他要写的是权力斗争大格局下的贵族家庭的毁灭，岂能简单归结为一部"爱情小说"？高续的第二大败笔是完全歪曲了前八十回里与当时主流价值观对抗、反仕途经济的宝玉形象，第三大败笔是把曹雪芹设定的"白骨累累忘姓氏，无非公子与红妆"的家破人亡族谱断裂的大悲剧结局，篡改为小波折而"沐皇恩"、"复世职"、"延世泽"、"兰桂齐芳"的大喜剧结局。我之所以弃高续而从八十回后续曹红，正是出于对曹雪芹原笔原意的尊重与追寻。

　　接受台湾佳音电台苏阔小姐采访,最高兴的是她为这次采访"恶补"了《红楼梦》,主要是重读了曹雪芹的前八十回,我告诉她,其实我这些年到《百家讲坛》讲红也好,出若干研红著作,直到续红也好,真的并不是想从中创造出个人的文本价值,而是为的倡导人们去直接阅读曹红,即曹雪芹传下的前八十回古本,我的倡读曹红已收良效,眼下兴致更浓。有批评者说我的续书文字太差,要赶紧拿曹红来"洗眼",天哪,这恰是我想达到的目的啊! 我的续书您完全可以不理睬,但您一定要抽暇直接阅读曹红来养眼滋心啊!

籤